KB126012

남송대 조리서

산가청공

(남송) 임홍 저, 정세진 역주

- 이 저서는 2019년 대한민국 교육부와 한국연구재단의 지원을 받아 수행된 연구임.(NRF-2019S1A5B5A07091611)
- 이 저서는 연구재단 지원과제인 '10-14세기 宋·元의 레시피와 한반도의 밥상' 연구의 일환으로 번역한 기초 자료임.

남송대 조리서

산가청공

(남송) 임홍 저, 정세진 역주

學古房

남송대南宋代 식보食譜 『산가청공山家清供』에 대하여[1)]

1. 『산가청공』의 저자, 임홍林洪

『산가청공』의 저자인 임홍은 천주泉州 진강晉江(지금의 푸젠성福建省 진장시晉江市 스스진石獅鎮) 출신의 문인이다. 그의 일생에 대해 자

1) 이 부분은 이 책의 출간일보다 앞서서 학술지에 게재된 저자의 논문, 「남송대南宋代 식보食譜 『산가청공山家清供』에 대한 기초적 탐색」(『중국어문학지』제76집, 중국어문학회, 2021년 9월, 37-72쪽)을 참고하여 요약, 정리한 것입니다. 상기 논문에는 이 책의 번역결과물, 즉 원문 번역과 주석 등이 예시로서 반영되어 있습니다. 자기 표절 방지를 위하여, 위의 논문에 번역과 주석이 인용되어 있는데 이 책에도 실게 된 항목과 논문에 인용된 페이지를 아래와 같이 밝혀두고, 이 책의 본문 번역에서는 해당 논문에서 인용된 페이지 표기를 생략하였습니다. 「석자갱石子羹」(45쪽), 「앵유어罌乳魚」(45쪽), 「발하공撥霞供」(46-47쪽), 「적장炙獐」(47쪽), 「석류분石榴粉」(47-48쪽), 「춘근혼돈椿根餛飩」(50쪽), 「청정반青精飯」(51쪽), 「황정과·병·여黃精果·餅·茹」(51쪽), 「향원배香圓杯」(51쪽), 「연방어포蓮房魚包」(51쪽), 「지황박탁地黃餺飥」(52쪽), 「황금계黃金雞」(53쪽), 「금대갱錦帶羹」(53쪽), 「자영국紫英菊」(53쪽), 「금반金飯」(53쪽), 「여제채如薺菜」(53쪽), 「가전육假煎肉」(55쪽), 「옥관폐玉灌肺」(56쪽), 「방림선傍林鮮」(57쪽), 「모란생채牡丹生菜」(58쪽), 「주자옥심酒煮玉蕈」(58쪽), 「산해두山海兜」(59쪽), 「항해장沆瀣漿」(59-60쪽), 「수경엽酥瓊葉」(60-61쪽), 「앵도전櫻桃煎」(61쪽), 「벽통주碧筒酒」(62쪽), 「옥삼갱玉糝羹」(63쪽), 「목숙반苜蓿盤」(64-65쪽), 「고정한考亭蔊」(65쪽), 「여당갱驪塘羹」(66쪽), 「두황첨豆黃簽」(67쪽). 다만 논문에서 음식의 이름만 소개한 경우에는 여기에 나열하지 않았습니다.

세한 기록은 전하지 않지만 남송南宋 고종高宗 소흥紹興 연간(1137-1162)에 진사에 급제했다고 전한다. 그는 음식과 원림, 시서화 등 풍류와 아취雅趣에 관심을 기울여서 『산가청공』, 『산가청사山家淸事』, 『서호의발집西湖衣缽集』, 『문방도찬文房圖贊』 등의 글을 남겼다. 그중에서 가장 유명한 것이 바로 『산가청공』이다.

2. 『산가청공』의 판본

이 책의 제목인 '산가청공'은 '산속에 있는 집에서의 맑은 음식 대접' 정도로 직역할 수 있다. '산가山家'는 궁중이나 귀족의 집안이 아닌 보통 사람의 집, 특히 자연을 벗 삼은 자의 집을 가리키는 것이고, '청공淸供'은 화려하지 않은 소박한 음식, 특히 수양에 도움이 되는 음식을 제공하는 것을 뜻할 것이다.

이 책은 명대에 초본이 간행된 이래로 여러 판본으로 세상에 전해졌다. 주요 판본을 몇 가지만 소개하면 다음과 같다.

1) 명明 만력萬曆 35년(1597): 필사본.
2) 청淸 동치同治 13년(1874): 고상顧湘과 고호顧浩 형제의 『소석산방총서小石山房叢書』에 수록된 판각본.
3) 민국民國 6년(1917): 상하이 함분루涵芬樓의 『설부說郛』 총서에 수록된 판각본.
4) 민국 25년(1936): 상하이 상무인서관商務印書館의 『이문광독夷門廣牘』에 수록된 영인본.

필자는 이 책을 번역하기에 앞서 관련된 여러 서적을 일람하였고, 위의 판본을 기초로 하되 최근에 출간된 서적들을 참고하여 번역을 진행하기로 결정하였다. 비교적 근래에 출간된 책 중에서는 타이베이臺北의 세계서국世界書局에서 민국民國 72년(1983)에 간행한 『음찬보록飮饌譜錄』에 수록된 판본, 운남인민출판사雲南人民出版社에서 2004년에 간행한 『식지어食之語』에 수록된 판본, 중화서국中華書局에서 2013년에 출간한 역주[2])를 참고하였다. 그 중 2013년에 중화서국에서 출간된 책의 경우, 1936년에 상하이 상무인서관에서 나온 『이문광독』을 저본으로 삼되, 명나라 만력 연간의 판본과 청대 동치 13년(1874)에 나온 『소석산방총서』에 실린 각본, 1917년에 나온 상하이 함분루의 『설부』 총서를 비교고찰한 책이다. 또한 원문에 대한 주석, 현대중국어로 된 번역, 역자의 감상 및 추가설명도 들어가 있다. 그러나 원문에 인용된 시문에 대해서는 전혀 번역이 가해지지 않았고, 백화 번역을 보면 고문을 풀지 않고 그대로 옮겨놓은 경우도 많았다. 이밖에 임원경제연구소에서 번역한, 서유구의 『임원경제지 정조지』1~4권에 『산가청공』 에 나오는 60여 가지 조리법이 절록되어 있다.[3]) 다만, 서유구가 해당 부분을 저술할 때 『산가청공』 중에서 조리법과 관련된 부분을 중심으로 절록하였을 뿐만 아니라, 해당 부분과 『산가청공』의 판본을 비교해보면 원문 글자의 차이도 크다.

다시 말해 위에서 언급한 자료들을 참고할 수 있었지만 필자가 완역과 직역을 하기 위해서는 반드시 부가적인 작업을 진행해야 했음을 밝혀둔다.

---

2) 林洪, 章原 編著(2013), 『山家淸供』, 北京: 中華書局.

3) 서유구, 임원경제연구소 역(2020), 『임원경제지 정조지』1~4권, 전주: 풍석문화재단.

3. 식보食譜로서 『산가청공』의 가치

'식보'는 '음식의 족보'라고 직역할 수 있는데 해당 음식의 계통과 역사를 아우르는 것은 물론, 다양한 식재료 및 조리법까지 기술되어 있다. 『산가청공』은 남송대를 대표하는 식보로서 100여 가지가 넘는 조리법이 소개되어 있다. 이 책이 가지고 있는 가치를 간단히 소개하면 다음과 같다.

1) 조리서로서의 특징과 가치

첫째, 이 책에는 다양한 식재료가 소개되어 있다. 쌀, 밀가루, 미나리, 거여목, 가지, 홰나무 이파리, 무, 순무, 토란, 부추, 구기자, 연근, 귤 이파리, 목부용, 죽순, 닭, 쏘가리, 토끼, 게, 원앙, 우미리牛尾狸, 검정깨, 밤, 감람, 콩, 팥, 녹두 분피, 콩나물, 두부, 산초, 후추, 생강, 파, 꿀, 회향, 소회향, 홍국, 차, 술, 지황, 감초, 마, 둥굴레, 비자 열매, 시트론, 오렌지, 도꼬마리, 칠면조 등이 그것이다. 임홍은 매화를 처로 삼고 학을 자식으로 삼았던[매처학자梅妻鶴子] 임포林逋의 후손이라고 자부했는데, 이 때문인지 매화와 관련된 음식의 조리법이 유독 강조되어 있다.

둘째, 이 책에 실려 있는 조리법은 구체적인 경우가 많고 그 종류도 다양하다. 비슷한 시대에 나온 어떤 식보보다 『산가청공』에는 상세한 조리법이 실려 있다고 여겨질 뿐만 아니라 조리 관련 용어들도 다양하게 실려 있다. 예를 들어 재료들을 먼저 반 조리한 후 밥 위에 해당 재료를 뚜껑처럼 덮어 뜸 들이는 조리법인 암반盦飯, 불 위에서 건조시키는 배건焙乾, 바싹 졸이는 전오煎熬, 양념장 등에 담그는 것을 의미하는 잠蘸, 액체를 가만히 두어서 분말 부분과 맑은 액체 부분을 분리시키는 징澄, 국물에 가루나 곡식을 넣어 끓이는 삼糝, 짐승의 털 등을 뽑아

손질하기 위하여 뜨거운 물에 담그는 것을 의미하는 심燖, 불에 지지는 박爆, 굽는 것을 의미하는 람爁 등이 있다.

셋째, 실제로 해당 음식을 먹을 사람에게 대접하는 것을 상정하고 작성한 기록이다. 『산가청공』을 상세히 읽으면 다른 식보와 다른 점을 발견할 수 있는데, 바로 손님, 즉 '식사를 할 사람'과 제공[공供]하는 사람, 즉 '식사를 준비하는 사람'이 등장하고, 산가에서 어느 시점과 상황에서 해당 음식을 제공하면 최고의 맛과 효과를 얻을 수 있는지 실제 경험을 담고 있는 경우가 많다는 점이다. 음식에 관한 지식을 나열하느라 그 음식이 실제로 음식으로서 기능할 수 있는 것인지를 고려하지 않은 여타 기록들과는 달리 『산가청공』은 소박한 식사를 실제로 제공할 때의 정보를 담고 있기에 조리서로서의 가치가 더욱 높다고 생각한다.

넷째, 임홍은 식사와 양생을 연결 짓고 있다. 식보는 대체로 양생을 위한다는 효용론적 명분을 가지고 저술된 경우가 많다. 『산가청공』에도 해당 음식과 건강 사이의 관계를 밝혀둔 부분이 많다. 의학적 진료의 혜택을 누리기 힘들었던 시기에 식사를 통해 미연에 질병을 예방하고 이미 고질이 된 질병을 치료하고자 하는 소망이 있었기 때문일 것이다. 또한 『산가청공』에는 이런 음식의 약효를 설명할 때 『본초』나 『해상집험방』과 같은 의서를 근거자료로 기록한 경우가 많다. 다만, 어느 종류의 『본초』를 참고했는지 출처를 찾기 어려운 경우, 『본초』의 문장을 요약해 대강의 내용만 인용한 경우, 해당 식재료와 관계없는 『본초』의 다른 항목을 잘못 끌어온 경우 등, 부정확한 인용이 많다는 단점도 존재한다.

다섯째, 이 책에는 상당히 다양한 채식 조리법이 소개되어 있다. 북송 시대 이후 선종의 영향으로 채식을 선호하는 식문화가 자리 잡았다. 이 책에는 각종 채소 요리는 물론이고 대체육으로 만든 음식의 조리법도 소개되어 있어 당시의 식문화를 엿볼 수 있게 한다.

여섯째, 남송 궁중 음식을 적게나마 찾아볼 수 있다. 이 책에는 '후원後苑'이라는 명칭이 나오는데 내용의 맥락으로 볼 때 황궁의 음식을 조리하는 조리실을 가리키는 단어로 생각된다. '금원禁苑'이라는 단어도 나오는데 맥락상 후원처럼 남송 궁궐의 조리실을 가리킨다고 여겨진다.

2) 음식과 관련된 문학 작품의 인용

『산가청공』에는 음식을 소개하면서 관련된 문학 작품을 인용하는 경우가 많다. 다만 저자를 잘못 인용하거나, 글자가 틀린 경우가 많기에 본문 주석에서 밝혀 두었다.

3) 복건福建 지역의 인물과 음식 문화 반영

임홍이 이 책에서 인용하는 일화는 절강浙江, 강서江西, 광동廣東 지역 등을 배경으로 하는 경우가 많다. 특히 그의 고향이 복건이기에 이 지역의 인물과 음식 이야기가 중요하게 다루어졌다. 설령지薛令之, 주희朱熹 등 복건의 유명한 인물 및 그들과 관련된 음식이 소개되었을 뿐만 아니라, 두황첨豆黃簽, 아황두생鵝黃豆生 등 복건의 특색 있는 음식도 기록되어 있어 지역적 특색도 띠고 있다.

요컨대 『산가청공』은 남송대의 음식과 식문화, 문학, 인물 등의 이야기를 담은 중요한 기록이다. 특히 이 속에 담긴 100여 가지가 넘는 조리법은 당시의 이 책이 식보로서 가지는 가치를 입증하고 있다고 생각된다.

서 문

저는 학부에서 식품영양학을, 대학원에서 고전시가를 공부했기에, 박사 과정 졸업 후에는 두 가지 분야의 관심을 합하여 중국의 식문화를 연구해 왔습니다. 『산가청공』은 제가 번역한 첫 번째 식보食譜입니다. 홰나무 이파리 즙을 넣어 만든 국수, 박과 대체육 볶음, 연근에 색을 입히고 전분을 묻혀 석류알처럼 만든 후에 닭고기 육수에 띄운 음식, 쇠솥에 넣어 익힌 군밤……. 듣기만 해도 맛이 있을 것 같고, 일상생활에서 얼마든지 만들어 먹을 수 있을 것 같은 음식들이 이 책에 소개되어 있습니다. 한 글자 한 글자 따라가며 번역할 때 음식이 금방이라도 목구멍으로 넘어가는 것 같아서 눈과 입이 즐거웠습니다.

다만, 맥락이 맞지 않는 부분이나 조리법이 생략된 부분이 종종 나타나 앞을 가로막았습니다. 이 때문에 번역 결과물을 누군가에게 보여드리는 것을 망설였습니다. 그러나 오역과 오류가 있다고 하더라도 세상에 내놓고 나면 누군가에게는 도움, 혹은 영감을 줄 수 있으리라 생각했고, 또 이 책의 오역과 오류에 대한 질정을 겸허히 받아들이고 더 나은 후속 작업을 진행해야겠다는 결심을 했기에 부족한 번역이나마 출간합니다. 대신 번역하는 과정에서 찾지 못한 세부사항이나 번역이 매끄럽지 못한 부분이 있을 경우 주석에 솔직하게 밝혀두었고, 중국의 음식 명칭을 섣부르게 한반도의 음식 명칭으로 대응, 번역하여서 불필요한 오해를 사는 일이 없도록 세심히 주의를 기울였습니다.

동파東坡 소식蘇軾(1036-1101)이 오대시안烏臺詩案이라는 필화 사건으로 인해 황주黃州라는 곳에 유배되었던 적이 있습니다. 유배되고서 이듬해인 1081년, 소식은 성의 동쪽에 있는 자갈밭[동파東坡]을 얻어 농사짓기를 시작하였습니다. 얼마 안 되는 식재료라도 자급자족해볼까 싶어서 자갈을 골라냈지만, 사실은 머릿속에 찾아드는 잡념을 골라 버리는 시간이었습니다. 그러던 어느 날, 진흙 속에서 미나리 뿌리를 발견하고는 다음과 같이 말했습니다. "진흙 속에 묵은 뿌리, 아아! 한 치 정도 남아있을 뿐이지만. 눈처럼 흰 싹이 언제 돋을까? 봄 비둘기로 곧 숙회 만들 수 있을 터인데!(泥芹有宿根, 一寸嗟獨在. 雪芽何時動, 春鳩行可膾)"(「동파팔수東坡八首」 중 제3수) 마음이 이미 식은 재가 되어버렸다고 말하며, 세상 초월한 것 같이 말하던 그가 왜 이렇게 흥분했을까요? 진흙 속에서 조그만 미나리 뿌리를 발견하자마자 그의 고향, 사천四川의 음식인 '미나리를 넣은 비둘기 숙회'를 떠올렸기 때문이었습니다. 유배되어 먹고 살기 막막한 상황이었지만 미나리 뿌리 하나 덕분에 고향을 떠올렸고, 타향에서 고향 음식을 먹기 위해서 열심히 농사짓겠다는 결심을 세워야 했을 것이며, 어느 곳에서든 뿌리내리고 있는 미나리를 보면서 시인 자신도 유배지에서 살아남을 수 있으리라는 한 줄기 희망을 보았을 테지요. 머릿속에 잠재되어 있던 음식에 대한 기억이 사람의 정신을 일깨우고 다시 살아갈 수 있게 할 수도 있다는 사실을, 소식은 이미 900여 년 전에 말해주었습니다.

저는, 이토록 우리의 마음과 공명하기에 옛 텍스트들을 연구하고, 이러한 음식의 기억을 일깨워주기에 옛 식보를 번역하고 있습니다. 『산가청공』 다음에는 『오씨중궤록吳氏中饋錄』이라는 식보의 번역본 출간을 준비하고 있습니다. 이 책에는 냉장고가 없던 시절, 식재료를 어떻게 오래 보관할 수 있을지에 대한 좋은 방법들이 많이 나옵니다. 재미있는 조리법들이니 기대하셔도 좋을 것 같습니다.

끝으로 항시 저를 이끌어주는 가족들께 감사드립니다. 특히 병상에 계신 시아버님, 오진웅 집사님께서 어서 가족들과 함께 지낼 수 있게 되기를 간절히 빌며 제 어머니, 법상심法祥心 이학필 보살님께 말로는 다할 수 없는 감사의 마음을 전합니다.

정세진 씀

下

上

山家清供

1. 청정반青精飯

남촉목의 이파리 즙으로 물을 들여 만든 찐쌀.

1) 재료

청정반

- 남촉목 가지와 잎, 좋은 품질의 멥쌀.

청정석반

- 청석지, 청량미.

2) 조리법

청정반

① 남촉목의 가지와 잎을 채취한 후, 찧어서 즙을 짠다.

② 희고 좋은 멥쌀에 ①의 즙을 물들이는데, 분량에 관계치 말고 2~4 시간 둔다.

③ ②를 찌고 말린다.

④ ③이 단단히 말라서 푸른빛이 나면 저장한다.

⑤ 먹을 때에는 ④의 양에 맞추어 끓인 물을 붓고, 한소끔만 끓이면 밥이 완성된다.

청정석반

① 청석지 세 근과 청량미 한 되를 사흘 동안 물에 담가놓는다.

② ①을 찧어서 자두 크기만큼의 환을 만든다.

③ ② 중 1~2환 정도를 끓인 물과 함께 복용한다.

3) 원문

청정반으로 이 글을 시작하는 이유는 곡식을 중히 여기기 때문이다. 『본초』에 따르면 "남촉목을 지금은 흑반초라 이름하거나 한련초라고 이름하기도 한다."고 했는데, 바로 '청정'을 말한 것이다. 가지와 이파리를 따서, 찧어서 즙을 낸 후, 좋은 품질의 흰 멥쌀에 물을 들이는데, 많고 적음에 관계없이 2~4시간 두었다가, 밥을 찐다. 햇볕에 말려서 단단하고 푸른빛을 띠면, 거두어 저장한다. 먹을 때에는 먼저 쌀의 양에 맞추어 끓는 물을 붓고, 한소끔만 끓이면 곧바로 밥을 완성할 수 있다. 사용하는 물은 많아도 안 되고 적어도 안 된다. 오래 먹으면 수명을 늘리고 안색을 좋게 한다. 신선이 되는 방술方術에도 '청정석반'이라는 것이 있는데 세상 사람들은 왜 '석'이 들어가는지 알지 못한다. 『본초』에 따르면 "청석지 세 근과 청량미 한 되를 사흘 동안 물에 담가놓았다가, 찧어서 자두 크기만큼의 환을 만든 후, 끓인 물과 함께 1~2환 정도를 복용하면 배고픔을 느끼지 않는다."고 했다. 이로써 ('석'자가 들어간 이유가) '석지' 때문임을 알 수 있다. 두 가지 방법 모두 근거가 있지만 만약에 산에서 거처하면서 손님에게 대접하자면 마땅히 앞의 방법을 사용해야 할 것이고, 장자방이 곡기를 피하였던 것을 본받으려면 마땅히 뒤의 방법을 사용해야 할 것이다. 매번 두보의 시를 읽는데, "청정반이 내 안색을 좋게 함이 어찌 없으랴!"라고 하고, 또 "이백 형님께서는 궁궐의 선비신데, 관직에서 몸을 빼내어 그윽한 일을 일삼으시네."라고도 하였다. 당시 이백과 두보처럼 재주로 명성이 높았던 이들이야말로 군주에게 충성하고 나라를 걱정했던 이들이라고 말할 수 있다. 그러나 하늘이 그들로 하여금 한창때에 그 뜻을 펼치게 하지 않으시고, 청정반과 요초로써 신선이 되려는 생각을 품게 하셨으니, 안타깝구나!

青精飯, 首以此, 重穀也. 按『本草』, "南燭木[4], 今名黑飯草, 又名旱蓮草."[5] 卽靑精也. 采枝葉, 搗汁, 浸上白好粳米, 不拘多少, 候一二時, 蒸飯. 暴乾, 堅而碧色, 收貯. 如用時, 先用滾水量以米數, 煮一滾卽成飯矣. 用水不可多, 亦不可少. 久服延年益顏. 仙方又有'靑精石飯', 世未知'石'爲何也. 按『本草』, "用靑石脂[6]三斤·靑粱米[7]一斗, 水浸三日, 搗爲丸, 如李大, 白湯送服一二丸, 可不饑."[8] 是知'石脂'也. 二法皆有據, 第[9]以山居供客, 則當用前法. 如欲效子房辟穀[10], 當用後法. 每讀杜詩, 旣曰, "豈無靑精飯, 使我顏色好." 又曰, "李侯金閨彥, 脫身事幽討."[11] 當時才名如杜·李, 可謂切於愛君憂國矣. 天乃不使之壯年以行其志, 而使之俱有靑精·瑤草[12]之思, 惜哉.

---

4) 남촉목南燭木: 남촉목을 남천죽南天竹과 혼동하는 경우가 종종 있다. 『본초습유本草拾遺』에 따르면 이 둘은 별개의 식물이다.

5) 이 부분은 『증류본초證類本草·남촉지엽南燭枝葉』의 내용을 요약한 것으로 보인다. 다만 해당 항목에서 남촉목과 한련초旱蓮草가 동일한 식물이라는 설명은 나오지 않는다.

6) 청석지靑石脂: 석지石脂 중에서 청색을 띠는 것으로서, 약재로 쓰이는 돌이다. 기운을 보태고 시력을 좋게하는 효과가 있다고 한다.

7) 청량미靑粱米: 짙은 회색빛을 띠는 차조인데, '생돌찹쌀'이라고도 부른다. 당뇨병 치료 등에 효과가 있다고 한다.

8) 청석지靑石脂와 청량미靑粱米는 모두 『본초本草』에서 다루고 있는 약재이긴 하지만, 임홍이 설명한 조리법이 어느 『본초本草』에 근거한 내용인지 찾지 못하였다.

9) 제第: 만약.

10) 자방벽곡子房辟穀: 장량張良, 즉 장자방張子房은 만년에 두문불출하며 '곡기를 끊으면서[辟穀]' 장생술을 연마하였다고 한다.

11) 천보天寶 3년(744), 두보가 낙양에서 지은 「이백께 드리다贈李白」 중 제5, 6구와 제9, 10구이다. 당시에 이백은 고력사高力士의 무고로 인해 벼슬을 그만두고 낙양에 머물렀다.

12) 요초瑤草: 먹으면 신선이 된다고 하는 선초仙草.

2. 벽간갱碧澗羹

미나리를 양념으로 무친 다음 끓인, 향기롭고 푸른 국.

1) 재료

• 미나리, 식초, 깨, 소금, 회향.

2) 조리법

❀ 미나리 절임

① 2~3월에, 국을 끓여야 할 때 미나리를 채취한다.

② ①을 깨끗이 씻어 끓는 물에 넣고 데친 다음 건져낸다.

③ 식초, 갈아놓은 깨에 약간의 소금과 회향을 넣은 것을 가지고서 ②를 재운다.

❀ 벽간갱

① 미나리를 데쳐서 국을 끓인다.

3) 원문

미나리는 '초규'인데 '수영'이라고도 이름한다. (미나리에는) 두 가지 종류가 있는데 '적근荻芹'은 뿌리를 취하고 '적근赤芹'은 이파리와 줄기를 취하는데, 두 종류 모두 먹을 수 있다. 2~3월에 국을 끓일 때, 그것들을 채취한 후, 깨끗이 씻어 끓는 물에 넣고 데친 다음 건져낸다. 식초, 갈아놓은 깨에 약간의 소금과 회향을 넣은 것을 가지고서 그것을 재우면, 절임 음식을 만들 수 있다. 데쳐서 국으로 만들면, 맑고도 향기로워

푸른 개울물과 같을 것이다. 그래서 두보의 시에 "향기로운 미나리로 끓인, 푸른 개울물 같은 국"이라는 구절이 있었던 것이다. 어떤 이는 '미나리는 미천한 음식이다. 두보가 어찌하여 그것을 취해 읊었단 말인가?'라고 말한다. (그렇다면) 야인이 이것을 가지고서 도리어 군주에게 헌상한 일은 미처 생각지 못하는가!

芹, 楚葵也, 又名水英. 有二種, 荻芹取根, 赤芹取葉與莖, 俱可食. 二月·三月作羹時采之, 洗淨入湯焯過, 取出. 以苦酒[13]·研芝麻入鹽少許與茴香漬之, 可作菹. 惟瀹而羹之者, 既淸而馨, 猶碧澗然. 故杜甫有"香芹碧澗羹"[14]之句. 或者謂'芹, 微草也. 杜甫何取焉而誦詠之?' 不暇不思[15]野人持此猶欲以獻於君者乎.[16]

---

13) 고주苦酒: 식초의 별명.

14) 두보의 「정광문을 배동하여 하장군의 산림에서 노닐다陪鄭廣文遊何將軍山林」 중 제14구이다.

15) 불가불사不暇不思: 이 부분은 직역하면 맥락이 잘 통하지 않는다. 의역을 보태어 '미처 생각지 못하다'라고 풀이했다.

16) 『열자列子』에 다음의 두 일화가 기록되어 있다. 어느 야인이 미나리가 너무 맛있어서 그 마을의 유지에게 바쳤지만, 그 유지가 미나리를 먹어보고는 형편없는 음식이라고 비웃었다. 또 어느 농부가 햇볕을 쬐니 하도 따뜻해서 임금에게 이 비결을 알려드리면 큰 상을 받을 것이라 생각하고 기뻐했다고 한다. 이 두 가지 이야기를 합하여 '성의는 있지만 보잘 것 없는 선물'이라는 뜻의 '근포芹曝'라는 성어가 나왔다. 고사에서 미나리를 바친 대상은 그 마을의 부호였으므로 위의 본문에서 '야인지차유욕이헌어군野人持此猶欲以獻於君'이라 하여 군주를 언급한 것은, 임홍이 두 가지 일화를 혼동했기 때문이라 생각된다.

3. 목숙반苜蓿盤

거여목 무침과 국.

1) 재료

• 거여목, 기름, 생강, 소금.

2) 조리법

① 거여목을 끓는 물에 데친 후 기름에 볶는데, 생강과 소금은 원하는 만큼 넣는다.

② ①을 국으로 끓일 수도 있다.

3) 원문

개원 연간에 동궁관료들은 가난하게 지내야 했다. 설령지가 좌서자로 지내면서, 시로써 스스로를 안타까워하며, "아침해가 둥글게 떠올라, 선생의 그릇을 비추네. 그릇에 무엇이 있는가? 목숙 줄기 기다랗게 이리저리 얽혀 있지. 밥이 거칠어 숟가락이 떠지질 않고, 국이 멀거니 젓가락 벌리기가 쉽구나. 이 때문에 조석으로 궁리하나니, 무슨 방법으로 겨울에 이 몸 보전할까?"라 했다. 황상이 동궁에 행차하였다가 이 시를 보고서 그 곁에 제하기를 "만약 소나무와 계수나무 숲의 추위가 싫다면, 네 맘대로 뽕나무와 느릅나무 따뜻한 곳으로 떠나렴."라고 했다. 설령지는 황공해하며 돌아갔다. 매번 이것을 암송할 때마다 무슨 음식인지 알지 못하였다. 우연히 설암 송백인과 함께 정야약을 방문하였을 때 심어 놓은 것을 보게 되어, 이를 통해 심고 먹는 방법을 알게 됐다. 그 이파리는 초록, 자색 및 재색을 띠고, 길이는 어떤 경우에는 한 자를 넘는다. 따서 끓는 물로 데치고, 기름에 볶는데, 생강과 소금을 원하는 대로 더한다. 국을 만들어도 먹을 수 있는데, 모두 풍미가 있다. 본디 맛없는 음식이 아닌데 설령지는 어째서 그토록 싫어했단 말인가? 동궁 관료들이라면 한 시대에 가장 뛰어난, 선발된 이들이었지만, 당나라 때의 여러 현인들의 시에도 보이듯이 모두가 이를 좌천이라 여겼다. 설령지가 자신의 생각을 기탁한 것은 이 음식 때문이 아닌 것 같다. (좌천된 것이나 마찬가지인) 관료로 선발되자 (풍환처럼) '밥상에 생선이 없다'라고 탄식한 것인데, 위에 있는 사람은 조롱하며 떠나가게 하였으니 아, 야박하기도 하구나!

開元中, 東宮官僚淸淡. 薛令之[17]爲左庶子[18], 以詩自悼曰, "朝日上團團, 照見先生盤. 盤中何所有, 苜蓿長闌幹. 飯澀匙難滑, 羹稀箸易寬. 以此謀朝夕, 何由保歲寒."[19] 上幸東宮, 因題其旁曰, '若嫌松桂寒, 任逐桑榆暖'之句. 令之皇恐, 歸. 每誦此, 未知爲何物. 偶同宋雪巖伯仁[20]訪鄭野鑰[21], 見所種者, 因得其種並法. 其葉綠紫色而灰, 長或丈餘. 采, 用湯焯, 油炒, 薑·鹽隨意. 作羹茹[22]之, 皆爲風味. 本

---

17) 설령지薛令之: 설령지(683-756)는 당나라 때의 문인으로서, 장계長溪(지금의 푸젠성福建省 푸안福安) 출신이다.

18) 좌서자左庶子: 태자 시종侍從 중 하나의 관직이다.

19) 설령지의 「스스로를 안타까워하다自悼」 시이다.

20) 송설암백인宋雪巖伯仁: 호가 '설암'이고 이름이 '백인'이다. 시와 매화 그림에 뛰어난 문인이었다고 한다.

21) 정야약鄭野鑰: 누구인지 찾지 못하였다.

22) 여茹: 먹다.

不惡, 令之何爲厭苦如此. 東宮官僚當極一時之選, 而唐世諸賢見於篇什, 皆爲左遷. 令之寄思, 恐不在此盤. 賓僚之選, 至起食無魚之歎[23], 上之人乃諷以去, 吁, 薄矣.

23) 식무어지탄食無魚之歎: 전국시대 제나라의 맹상군孟嘗君이 빈객을 우대한다는 소리를 듣고 풍환馮驩이 그의 빈객이 되었다. 그러나 그에 대한 대우가 기대에 미치지 못하자, 식사할 때 장검을 두드리며 "장검아, 돌아가자! 식사에 생선이 없구나.(長鋏歸來乎! 食無魚)"라고 노래했다.

4. 고정한考亭㷜

숙취를 해소해주는 개갓냉이.

1) 재료

- 개갓냉이.

2) 조리법

조리법 소개 없음.[24]

3) 원문

고정 선생은 매번 술을 마신 후에 개갓냉이를 드셨다. 개갓냉이 중 한 종류는 우강에서 나고 건양에도 분포한다. 또 한 종류는 엄탄석 근처에서 자란다. 공이 대접받은 것은 아마 건양 지역의 종류일 텐데, 시집에 실린 「개갓냉이」 시에서 알아낼 수 있다. 산곡현의 손악은 모래로 개갓냉이를 심어 그 싹을 먹으면서도, 물가에서 나고 자란 것이 더욱 좋다고 운운했다.

考亭先生[25]每飮後, 則以㷜菜供. 㷜, 一出於盱江[26], 分於建陽[27].

---

24) 요즘에도 이 채소를 먹는데, 그 중 가장 간단한 조리법은 기름에 볶아 마늘과 소금으로 간하는 것이다.

25) 고정선생考亭先生: 주희朱熹.

26) 우강盱江: 옛날에는 '여수汝水'라고도 했던 강으로서, 지금의 장시성江西省

一生於嚴灘石[28]上. 公所供, 蓋建陽種, 集有「蔊詩」[29]可考. 山谷縣[30]孫崿[31], 以沙臥蔊, 食其苗云, 生臨汀者尤佳.

푸하撫河의 상류이다.

27) 건양建陽: 지금의 푸젠성福建省 북쪽 지역.

28) 엄탄석嚴灘石: 동한의 은자였던 엄광嚴光이 낚시하던 엄릉뢰嚴陵瀨를 말한다. 지금의 저장성浙江省 서부의 통루현桐廬縣에 있다.

29) 주희는 「유수야의 '채소' 시 13수에 차운하여次劉秀野蔬食十三詩韻」 중 제1수에서 "작은 풀이 진실된 천성을 가졌기에, 차가운 개울 그윽한 곳에 뿌리를 기탁하였네. 겁쟁이가 한 입 깨물더니, 분개함을 멈출 수 없었다지.(小草有眞性, 托根寒澗幽. 懦夫曾一嘬, 感憤不能休)"라 했다. 아마 개갓냉이가 매운맛을 갖고 있어 섭취하는 사람의 기운을 올려주는 기능을 하기에 이러한 표현을 쓴 듯하다. 다만 이 채소가 숙취 해소에 좋다는 근거는 찾지 못하였다.

30) 『사고전서四庫全書·설부說郛』에 따라 '현縣'을 넣었다.

31) 손악孫崿: 누구인지 찾지 못하였다.

5. 태수갱太守羹

청비름과 가지로 끓인 국.

1) 재료

- 청비름(백현), 가지.

2) 조리법

- 조리법 소개 없음

3) 원문

양나라 채준이 오흥의 태수가 되었을 때 고을의 관청 앞에 스스로 청비름과 가지를 심어서 늘상 먹을거리로 삼았다. 이 세상에 진한 술에 취하고 신선한 것을 배불리 먹고도 일에 태만한 자들이 이것을 보면 부끄럽지 않겠는가! 다만 가지와 청비름의 성질은 모두 약간 차기 때문에 생강을 곁들여 국을 끓이면 더 좋을 뿐이다.

梁蔡遵爲吳興[32]守, 郡齋前[33]自種白莧·紫茄, 以爲常餌. 世之醉醲飽鮮而怠於事者視此, 得無愧乎! 然茄·莧性俱微冷, 必芼[34]薑爲佳耳.

---

32) 오흥吳興: 지금 저장성浙江省 후저우湖州의 한 지역.

33) 군재전郡齋前: 군의 관청 앞. 이 부분은 판본별로 글자가 다른데,『사고전서四庫全書·설부說郛』에 따랐다.

34) 모芼: 원래는 '국에 넣는 나물'을 뜻하는데, 여기서는 생강을 넣고 국을 끓이는 것을 말한다.

6. 빙호진冰壺珍

숙취를 해결해주는 채소 절임, 빙호선생.

1) 재료

- 청면채탕, 채소.

2) 조리법

① 청면채탕을 만든다.

② ①에 채소를 넣어둔다.

3) 원문

태종이 소이간에게 "음식 중에 진미라고 칭할 만한 것으로서 무엇이 제일 나은가?"라고 물었다. 대답하길, "음식에는 정해진 맛이 없으니, 입에 맞으면 진미라 할 수 있습니다. 제 마음으로는 절임채소즙이 좋다고 알고 있습니다."라 했다. 태종이 웃으며 그 까닭을 물으니 대답하길, "제가 어느 지독하게 추운 날 밤에 화로를 끌어안고 술을 데워 엄청나게 마시고는 대취하여 겹겹이 이불을 안고 (잠들었습니다). 홀연 깨어났더니 갈증이 심해서 달빛을 타고서 뜰 가운데에 가보니 잔설 속에 채소 절임 한 동이가 덮여 있는 것을 보았습니다. 시동을 부를 새도 없어 눈을 움켜쥐었다가 손을 대야로 삼아 몇 그릇을 실컷 먹었습니다. 저는 이때 '천상계 신선의 주방에서 만드는 난새 육포와 봉황 고기라 할지라도 아마 이에 못 미칠 것'이라 말하였습니다. 누차 '빙호선생전'을 지어 그 일을 기록하려 하였지만 겨를이 없었습니다."라 말하였다. 태종이 웃으며 그럴듯하다고 여겼다. 후에 그 방법을 물어보는 사람이 있었는데 내가 답하기를, "청면채탕에 채소를 담가 놓으면 술 마신 후에 갈증을 가라앉히는 일미가 된다. 안 그러면 빙호선생에게 물어보시든가."라 했다.

太宗問蘇易簡[35]曰, "食品稱珍, 何者爲最?" 對曰, "食無定味, 適口者珍. 臣心知虀[36]汁美." 太宗笑問其故. 曰, "臣一夕酷寒, 擁爐燒酒, 痛飮大醉, 擁以重衾. 忽醒, 渴甚, 乘月中庭, 見殘雪中覆有虀盎. 不暇呼童, 掬雪盥手, 滿飮數缶. 臣此時自謂, '上界仙廚, 鸞脯鳳脂, 殆恐不及.' 屢欲作冰壺先生傳記其事, 未暇也." 太宗笑而然之. 後有問其方者, 仆答曰, "用淸麵菜湯[37]浸以菜, 止醉渴一味耳. 或不然, 請問之冰壺先生."

---

35) 소이간蘇易簡: 소이간(958-997)은 북송의 문신으로 관직이 재상에 이르렀다. 그가 술을 너무 많이 마신 나머지 사망했다는 기록이 있다. 송 태종 때에 고황중賈黃中·송백宋白·이지李至·여몽정呂蒙正·소이간이 동시에 한림학사翰林學士에 배수되었을 때, 호몽扈蒙이 "다섯 봉이 한림에 나란히 날아드네!(五鳳齊飛入翰林)"라 할 정도로 뛰어난 인물이었다.

36) 제虀: '제齏'로 된 판본도 있으나 『사고전서四庫全書·사실류원事實類苑』 등의 기록에 따라 '제虀'로 두었다.

37) 청면채탕淸麵菜湯: 구체적인 설명이 없어 어떤 음식인지 확정할 수는 없다. 다만 '맑은[淸] 밀가루[麵] 채소탕[菜湯]'이라는 네 글자의 의미를 종합해볼 때 요즘의 '장수漿水'와 유사한 음식이라 추정한다. '장수'는 채소를 발효시킨 반투명 음료를 말한다. 예를 들어 간쑤성甘肅省에서 장수를 만드는 방법을 기술하면 다음과 같다. 봄, 여름 즈음에 씀바귀 여린 것을 캐서 다듬는다. 끓인 물에 전분 혹은 밀가루를 풀어 넣고 약간 걸쭉하게 만든 후, 여기에 씀바귀를 넣고 삭힌다. 이때 이전에 만들어 놓은 장수를 첨가하여 발효되도록 한다. 발효가 완료되면, 건더기만 건져서 볶아 먹어도 되고, 이 국물에 국수를 말아 먹어도 된다.

7. 남전옥藍田玉

옥을 복용하는 것 같은 효과를 주는 박 찜.

1) 재료

• 박, 장.

2) 조리법

① 박은 껍질의 털을 제거하고 두 치 정도 크기로 네모지게 썬다.

② 푹 쪄서 장을 가미해 먹는다.

3) 원문

『한서·지리지』에 따르면, 남전에서 좋은 옥이 난다고 하였다. 위나라 이예는 늘 옛사람들이 옥을 복용하는 방법을 부러워하였기에 남전에 가서 과연 좋은 옥의 종자 70개를 구했는데, 가루를 만들어 복용하면서도 주색을 경계하지 않았다. 뜻밖에 병이 깊어지자 처자에게 말하길, "옥을 복용할 적에는 반드시 산림에 거처하고 기호와 욕구를 버려야만 큰 효험을 볼 수 있다네. 그러나 나는 주색을 끊지 않아 스스로 죽음을 불렀나니 약의 잘못이 아니라오."라 했다. 요컨대, 불로장생의 방법에 있어서는, 마음을 정결히 하고 욕망을 경계할 수 있다면 비록 옥을 복용하지 않더라도 가능하다는 것이다. 지금 만드는 법은, 박 1, 2개를 사용해 껍질의 털을 제거하고 두 치 정도 크기로 네모지게 자른 후, 푹 쪄서 장과 함께 먹는 것이다. 번거롭게 연단을 굽는 노고가 필요치 않고, 다만 일체의 번뇌와 망상을 버리는 것을 오래하기만 하면 자연히 정신이 맑아지리니 앞의 방법과 비교해볼 때 좀 더 낫다고 하겠다. 그래서 '법제한 남전옥'이라 이름하였다.

『漢·地理志』, 藍田[38]出美玉. 魏[39]李預[40]每羡古人餐玉之法, 乃往藍田, 果得美玉種七十枚, 爲屑服餌, 而不戒酒色. 偶疾篤, 謂妻子曰, "服玉必屏居山林, 排棄嗜欲, 當大有神效. 而吾酒色不絕, 自致於死, 非藥過也." 要之, 長生之法, 能淸心戒欲, 雖不服玉, 亦可矣. 今法, 用瓠一二枚, 去皮毛, 截作二寸方, 爛蒸, 以醬食之, 不煩燒煉之功, 但除一切煩惱妄想, 久而自然神氣淸爽, 較之前法, 差勝矣. 故名'法制[41]藍田玉'.

---

38) 남전藍田: 지금의 산시성陝西省 시안西安의 남동쪽. 옛날부터 이곳의 남전산藍田山에서 좋은 옥이 채굴되었다고 한다.

39) 위魏: 여기서는 북위北魏(386-534)를 가리킨다.

40) 이예李預: 북위 때의 관리로서 높은 관직을 두루 거친 인물이다.

41) 법제法制: 찌고 말리고 굽는 등의 과정을 통해 약료藥料의 독성을 제거하고 소화흡수율을 높이는 것을 가리킨다.

8. 두죽豆粥

팥죽.

1) 재료

• 팥, 죽.

2) 조리법

① 사기 병을 이용해서 팥을 푹 삶는다.

② 죽이 약간 끓어오를 때를 기다렸다가 ①을 넣어 함께 끓인다.

③ 다 익었다 싶으면 먹으면 된다.

3) 원문

한나라 광무제가 무루정에 있을 때 풍이가 '두죽'을 끓여 봉양하였는데 오래도록 보답을 잊지 않을 정도였다. 하물며 산중 거처에 이것이 없겠는가? 사기沙器 병에서 팥을 푹 삶아두었다가 죽이 약간 끓어오르면 이것을 넣어 함께 끓이는데, 익었다 싶으면 먹는다. 동파의 시에 "강가의 천 이랑 눈밭에 있는, 띠풀집 처마에 출몰하는 외로운 새벽 연기와 어찌 같을까. 디딜방아에 찧은 쌀 빛이 옥과 같고, 사기 병에 삶은 팥은 부드럽기가 연유와도 같았네. 나는 늙어 이 몸 기탁할 곳 없으니, 책을 팔아 동쪽 집에서 살아야 할지를 물어봐야지. 누워서 닭울음 소리 들으니 죽이 익을 때인가보다, 봉두난발하고 신발 질질 끌고 그대 집에나 가볼까."라 했다. 이것이 팥죽 만드는 법이다. 저 금곡원에서 연회를 베풀 적에 눈 깜짝할 사이에 죽을 내놓으며 손님에게 자랑했던 것과 산중 처소에서 한가로이 맑은 담론 나누며 팥죽이 푹 익을 때까지 기다리는 것 중 어느 것이 나은가?

漢光武在蕪蔞亭時, 得馮異[42]奉豆粥, 至久且不忘報. 況山居可無此乎? 用沙瓶爛煮赤豆, 候粥少沸, 投之同煮, 既熟而食. 東坡詩曰, "豈如江頭千頃雪, 茅簷出沒晨煙孤. 地碓舂粳光似玉, 沙瓶煮豆軟如酥. 我老此身無著處, 賣書來問東家住. 臥聽雞鳴粥熟時, 蓬頭曳履君家去." 此豆粥之法也. 若夫金谷之會, 徒咄嗟以誇客[43], 孰若山舍淸談徜徉, 以候其熟也.

---

42) 풍이馮異: 유수劉秀가 전란을 평정하고 동한을 세운 후, 광무제가 되는 데에 큰 공을 세운 신하이다. 유수와 풍이가 전쟁에 패하여 도주할 때, 풍이가 '두죽'을 끓여 바치자 유수가 추위와 배고픔을 모두 면하였다고 말했다고 한다.

43) 금곡지회金谷之會, 도돌차이과객徒咄嗟以誇客: 서진西晉의 호사가인 석숭石崇(249-300)은 낙양 북쪽에 금곡원金谷園을 짓고 연회를 즐겼다. 그는 손님이 도착한 후, 눈 깜짝할 사이에 '두죽'을 내놓으며 자랑하였다. 그의 경쟁자인 왕개王愷가 석숭의 아랫사람을 매수하여 조리법을 알아내게 되자, 석숭은 조리법을 팔아넘긴 사람을 죽였다고 한다.

9. 반도반蟠桃飯

개복숭아를 얹어 지은 밥.

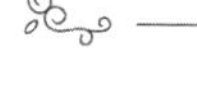

1) 재료

- 개복숭아, 쌀뜨물, 밥.

2) 조리법

① 개복숭아를 따서 쌀뜨물에 넣고 푹 삶는다.

② ①을 걸러낸 후 물에 넣어두었다가 씨를 제거한다.

③ 밥이 끓을 때를 기다렸다가 ②를 위에 얹어 뜸을 들인다.

3) 원문

개복숭아를 따서 쌀뜨물에 넣고 푹 끓이고, 걸러낸 후 물에 넣어두었다가 씨를 제거한 후, 밥이 끓어 오르면 잠시 함께 끓이는데 '암반법'과 같이 하면 된다. 석만경이 해주통판으로 있을 때의 일을 가지고서 동파가 시를 짓기를, "장난삼아 복숭아씨를 붉은 진흙에 싸서, 돌 사이에 풍우 내리듯이 던져 넣었지. 앉아서 빈 산을 비단에 수놓은 듯하게 만들었나니, 하늘을 아름답게 하고 바다를 비추는 빛이 무수하여라."라고 했는데 이것은 복숭아 나무를 심는 방법이다. 복숭아는 심은 지 3년, 자두는 심은 지 4년이면 열매를 보게 되는데 이 방법대로 하면 3년이 지나고서 모두 밥으로 지어 먹을 수 있을 것이다.

采山桃[44], 用米泔煮熟, 漉, 置水中, 去核, 候飯湧, 同煮頃之, 如盦飯法[45]. 東坡用石曼卿海州事[46]詩云, "戲將桃核裹紅泥, 石間散擲如風雨. 坐令空山作錦繡, 綺天照海光無數."[47] 此種桃法也. 桃三李四, 能依此法, 越三年, 皆可飯矣.

---

44) 산도山桃: 개복숭아.

45) 암반법盦飯法: 임홍은 이 책에서 '암반법盦飯法'을 여러 차례 기술하였다. 글자의 의미와 조리하는 순서를 종합해볼 때, 밥을 짓다가 중간에 다른 재료들을 밥 위에 '뚜껑처럼 덮은[盦]' 후, 뜸을 들이는 밥 짓기 방법이라 생각된다.

46) 석만경해주사石曼卿海州事: 석만경(992-1040)은 북송의 문학가이다. 『시주소시施註蘇詩』의 주석에 따르면, 석만경이 해주(지금의 장쑤성江蘇省 롄윈강連雲巷의 한 지역)의 통판이 되었을 때 그 지역의 산고개가 볼품이 없어서, "사람들로 하여금 진흙으로 복숭아씨를 싸서 탄알처럼 만들게 한 다음, 산고개 위에 던졌는데 한두 해 사이에 온 산에 복사꽃이 피어 비단에 수놓은 듯 흐드러졌다(使人以泥裹桃核爲彈, 拋擲於山嶺之上, 一二歲間, 花發滿山, 爛如錦繡)"고 했다.

47) 소식의 「채경번의 '해주 석실' 시에 화운하여和蔡景繁海州石室」 중 제3~6구이다.

10. 한구寒具

한식에 먹는 달콤한 음식.

1) 재료

- 찹쌀가루 및 밀가루, 기름, 당.

2) 조리법

❁ 전포

① 찹쌀가루와 밀가루를 반죽해 기름에 지진다.

② ①을 당에 적신다.

3) 원문

진나라 환현은 서화를 진열해놓는 것을 좋아하였는데, 어떤 손님이 한구를 먹고 씻지 않은 손으로 책을 만져 뜻하지 않게 책을 더럽히는 일이 생기자, 이후로는 늘어놓지 않았다. 이로 볼 때 한구는 필시 기름과 꿀을 사용해 만든 음식일 것이다. 『제민요술齊民要術』과 『식경』에는 '환병'이라는 말이 나오는데, 세상 사람들은 '산자'일 것이라 생각하기도 하고, 혹은 칠석에 먹는 '수밀식'인가 여기기도 하였다. 두보가 10월 1일에 '거여에서 인심을 느낀다네'라는 구절을 지었는데, 『광기』에서는 (거여를 먹는 것은) 한식 때의 일로 싣고 있다. 세 가지 다 의심해 볼 만하다. 주희 선생은 『초사』의 "거여와 밀이에 장황도 있다."라고 한 구절에 대해 주석을 붙이기를, '쌀가루와 밀가루를 튀겨서 바짝 졸여서 만든 것으로서, 한구이다'라고 하였다. 이 『초사』의 한 구절로써 세 가지 음식이 (각각 다른 것임을) 자연히 알 수 있다. '거여'는 '밀면' 중 말린 것으로서 시월에 먹는 '개로병'이다. '밀이'는 '밀면' 중 약간 윤기 있는 것으로서 칠석에 먹는 '밀식'이다. '장황'이 바로 한식에 먹는 '한구'라는 데에는 의심할 여지가 없다. 민 지역의 사람들은 인척들이 모이는 것을 '전포'라 이름하는데, 찹쌀가루와 밀가루를 섞어서 기름에 지져 당에 적시는 음식이기도 하다. 이것을 먹고 손을 씻지 않으면 물건을 더럽힐 가능성이 있다. 또 한 달 넘게 보관이 가능하므로 불을 때지 않는 한식 즈음에 먹기 알맞다. 나의 조상인 임화정 선생께서 "방지에 물결 푸르고 두약 푸른데, 뻐꾸기와 사다새 소리 이미 실컷 들었다네. 손님 와서 한구를 막 맛보았나니, (시시비비 따지다 피로해진 몸을) 오동나무 안석에 기대 쉬다가 다시 그윽한 길로 흩어지네."라 하셨다. 믿을 만하겠다! 이것이 한식에 먹는 것임을!

晉桓玄喜陳書畫, 客有食寒具不濯手而執書帙者, 偶汚之, 後不設. 寒具, 此必用油蜜者. 『要術』竝『食經』者, 只曰環餠[48], 世疑饊子也, 或巧夕[49]酥蜜食[50]也. 杜甫十月一日乃有'粔籹作人情'[51]之句, 『廣記』則載於寒食事中. 三者皆可疑. 及考朱氏[52]注『楚詞』, "粔籹蜜餌, 有餦餭[53]些." 謂'以米麵煎熬作之, 寒具也'.[54] 以是知『楚詞』一句, 自

---

48) 환병環餠: 둥근 고리 모양으로 빚어서 기름에 튀겨낸 간식.

49) 교석巧夕: 칠월칠석.

50) 수밀식酥蜜食: 송나라 때 먹었던 달콤한 간식의 한 종류.

51) 「장난삼아 배해체를 지어 근심을 해소하다戲作俳諧體遣悶二首」 중 제2수이다.

52) 주씨朱氏: 주희.

53) 장황餦餭: 산자饊子의 한 종류.

是三品. 粔籹乃蜜麵[55]之乾者, 十月開爐餅[56]也. 蜜餌乃蜜麵少潤者, 七夕蜜食也. 餦餭乃寒食寒具, 無可疑者. 閩人會姻名煎餔, 以糯粉和麵, 油煎, 沃以糖. 食之不濯手, 則能汚物, 且可留月餘, 宜禁煙用也. 吾翁和靖先生「山中寒食」詩云, "方塘波靜杜蘅靑, 布穀[57]提壺[58]已足聽. 有客初嘗寒具罷, 據梧慵復散幽徑."[59] 信乎, 此爲寒食具矣.

---

54) 주희의 주석과 정확하게 일치하지는 않지만 내용은 유사하다.

55) 밀면蜜麵: 쌀가루나 밀가루를 반죽해 익힌 후 꿀에 버무린 음식.

56) 개로병開爐餅: 불교 선종禪宗에서 음력 10월 1일부터 절의 화로에 불을 피워 놓는 것을 '개로'라고 하고 그때 먹는 병을 '개로병'이라고 한다.

57) 포곡布穀: 뻐꾸기. 옛사람들은 이 새의 우는 소리가 '포곡布穀(곡식 씨 뿌려라!)'를 의미한다고 생각했다.

58) 제호提壺: 사다새. 옛사람들은 이 새의 우는 소리가 '제호提壺(술병을 들어라!)'를 의미한다고 생각했다.

59) 이 시구 다음에 '오옹독천하서吾翁讀天下書, 화정선생차복기화유리당도사和靖先生且服其和琉璃堂圖事'라는 구절이 있는 판본도 있으나 의미가 통하지 않는다. 『사고전서四庫全書·설부說郛』에 따라 생략했다.

11. 황금계黃金雞

담백하게 끓여낸 닭 음식.

1) 재료

• 닭, 참기름, 소금, 파, 산초.

2) 조리법

① 닭을 끓는 물에 살짝 넣어 털을 뽑고 깨끗이 씻어둔다.
② ①에 참기름, 소금, 물을 넣고 끓인다.
③ ②에 파와 산초를 넣고 익은 후 건져내어 잘라 놓는다.
④ ③의 닭 국물은 별도로 대접한다.

3) 원문

이백의 시에 "당에는 맛 좋은 푸른 빛 술, 소반에는 맛 나는 황금빛 닭고기."라 했다. 그것을 만드는 방법은, 닭을 끓는 물에 잠깐 넣어 털을 뽑아서 깨끗이 장만하고, 참기름, 소금, 물을 넣고 끓이다가 파와 산초를 넣은 후, 익으면 잘라 놓고서, 원래의 닭 국물은 별도로 대접한다. 혹은 술과 함께 차려내는데, '백주가 갓 익고 황계가 막 살쪘을 때'의 맛을 즐길 수 있을 것이다. '천초'같은 조리법을 새롭게 본뜨는 것을 산중에서 달갑게 여기지 않을 바는 아니지만, 참된 맛을 잃을까 걱정이다. 매번 모용이 닭으로 어머니를 봉양하고 채소로 손님을 대접했던 것을 생각할 때마다 현명하다고 느낀다. 『본초』에서 '닭은 독성이 적고, 보양하는 기능이 있어서 속에 열이 차고 울화가 맺히는 병을 다스릴 수 있다' 고 했으니 말이다.

李白詩云, "堂上十分綠醑酒, 盤中一味黃金雞."60) 其法, 燖雞淨, 用麻油·鹽·水煮, 入蔥·椒61), 候熟, 擘釘, 以元汁別供. 或薦以酒, 則 '白酒初熟, 黃雞正肥'62)之樂得矣. 有如新法川炒63)等制, 非山家不屑爲, 恐非眞味也. 每思茅容以雞奉母64), 而以蔬奉客, 賢矣哉! 『本草』云, '雞, 小毒, 補, 治滿'65).

---

60) 이백李白의 시가 아니라 마존馬存(?-1096)의 「요월정邀月亭」 시 중 일부이다.

61) 椒: 『산가청공』에서 '초椒'라고 한 것은 모두 산초일 것으로 생각된다. 후추의 경우에는 모두 '후추胡椒'로, 산초의 경우 '초椒' 혹은 '천초川椒'로 구별해서 표기되어 있기 때문이다.

62) 이백이 「남릉에서 아이들과 이별하고 경사로 들어가며南陵別兒童入京」에서 "산으로 들어가니 백주가 갓 익었는데, 황계가 기장 쪼아 먹고 가을에 마침 살 올랐네.(白酒新熟山中歸, 黃雞啄黍秋正肥)"라 한 것을 축약하여 인용한 듯하다.

63) 천초川炒: 원나라 때 간행된 『거가필용사류전집居家必用事類全集』에는 '천초계川炒鷄'라는 항목이 있다. "닭을 하나하나 깨끗이 씻고, 토막쳐서 장만해둔다. 참기름 세 냥을 끓여서 고기를 볶는데 파채와 반 냥의 소금을 넣고 볶아서 10분의 7 정도 익힌다. 간장 한 숟갈, 잘 갈아놓은 후추, 산초, 회향과 함께 물을 한 대접 솥에 붙고, 끓이면서 익는 정도를 가늠한다. 좋은 술을 약간 가미해도 좋겠다.(每隻洗淨, 剁作事件. 煉香油三兩炒肉, 入蔥絲·鹽半兩, 炒七分熟. 用醬一匙, 同研爛胡椒·川椒·茴香, 入水一大碗下鍋, 煮熟爲度. 加好酒些少爲妙)"라 하였다. 이로 볼 때 '천초'라는 방법은 닭에 각종 향신료와 양념을 더하여 볶고 졸이는 것을 의미한다고 생각된다. 임홍은 '천초'의 방법으로 닭을 조리해도 좋지만 본연의 맛을 놓칠 수 있다고 하였는데, 아마 향신료와 양념 맛으로 먹는 '천초계'보다 담백하게 끓여낸 '황금계'가 닭 본연의 맛을 더 잘 살릴 수 있다고 생각한 듯하다.

64) 모용이계봉모茅容以雞奉母: 『후한서後漢書』에 따르면 모용은 직접 닭을 잡아 조리해서 어머니께 드리고, 본인과 손님은 채소반찬으로만 식사를 했다고 한다.

65) 계鷄, 소독小毒, 보補, 치만治滿: 어느 『본초本草』에서 인용한 것인지 찾지 못하였다. 『증류본초證類本草』에는 '만滿', 즉 속에 열이 차고 울화가 맺히는 '번만煩滿' 증세를 치료하는 데에는 닭이 아니라 달걀흰자[난백卵白]가 좋다고 기술되어 있다.

12. 괴엽도槐葉淘

쾌나무 이파리 즙으로 반죽해 만든 국수.

1) 재료

• 홰나무 이파리, 밀가루, 식초, 장.

2) 조리법

① 여름에 홰나무 이파리 중 고운 것을 따서 끓는 물에 잠시 데친다.
② ①을 곱게 갈아 파란 즙을 걸러낸다.
③ ②를 밀가루와 섞어 '도'를 만든다.
④ 식초와 장으로 양념장을 만든다.
⑤ ③을 가는 국수로 뽑아서 사리를 지어 그릇에 담아 내놓는다.
⑥ ⑤를 ④와 함께 먹는다.

3) 원문

두보의 시에 "푸르디푸른 높다란 홰나무에서 이파리를, 따고 거두어 주방에다 분부하네. 새 밀가루는 가까운 시장에서 온 것인데, 즙을 짜내어 완연히 서로 어우러지게 하네. 솥에 넣어 재료를 푹 익혀서, 반찬을 곁들여 먹으면 근심걱정이 다 사라지려고 한다네."라고 한 데에서 그 만드는 방법을 알 수 있다. 여름에 홰나무 이파리 중 고운 것을 채취하여 끓는 물에 잠깐 데쳤다가 곱게 갈아서 맑게 걸러 밀가루와 함께 반죽해서 '도'를 만든다. 식초와 장을 가지고서 '숙제'를 만든다. 가는 것을 모아서 사리를 지어, 그릇에 담아 내놓으면, 그 푸르고 신선한 것을 취하여 아낄 만하다. (두보의 시) 마지막 구에서 "군왕이 저녁 무렵 납량할 적에, 이 맛이 역시나 그때 필수라 하리."라 하였다. 시인은 한 번 식사할 때에도 임금을 잊은 적이 없음을 볼 수 있을 뿐만 아니라 귀한 군왕이 되어서도 역시 이러한 산림의 맛을 보배롭게 여긴다는 것을 알 수 있다. 뜻이 깊구나, 시여!

杜甫詩云, "青青高槐葉, 采掇付中廚. 新麵來近市, 汁滓[66]宛相俱. 入鼎資過熟, 加餐愁欲無."[67] 即此見其法. 於夏采槐葉之高秀者, 湯少瀹, 研細濾淸, 和麵作淘[68]. 乃以醯[69]・醬爲熟齏[70]. 簇細[71]茵[72], 以盤行之, 取其碧鮮可愛也. 末句云, "君王納涼晩, 此味亦時須." 不惟見詩人一食未嘗忘君, 且知貴爲君王亦珍此山林之味. 旨哉, 詩乎.

---

66) 즙재汁滓: 즙을 짜내고 남은 찌꺼기. 여기서는 문맥상 찌꺼기를 걸러내는 조리과정으로 보았다.

67) 두보의 「괴엽냉도槐葉冷淘」 시이다.

68) 도淘: 액즙과 버무려 반죽해 만든 식품. 혹은 그 반죽으로 만든 차가운 국수.

69) 혜醯: 초, 혹은 초장.

70) 숙제熟齏: '숙'은 열에 익히거나 숙성시키는 것을 뜻하고, '제'는 여러 재료들을 잘게 다져서 만든 양념장을 뜻한다. '숙제'는 글자의 의미와 본문의 맥락으로 볼 때, 식초와 장을 기본으로 하되 기타 재료들을 다져서 양념장을 만들어서 익힌 것이라 추정된다.

71) 주세簇細: 가느다란 것을 모으다. 가늘게 뽑은 국수를 고르게 모으는 것을 의미한다고 보았다.

72) 인茵: 원래는 '자리', '요'의 의미이다. 이 표현이 뒤에도 여러 번 나오는데, 정확한 의미를 파악하기 어렵다. 다만 본문에 나오는 여러 경우를 종합해 볼 때 '국수를 사리 짓는 것'을 의미한다고 추정된다.

13. 지황박탁地黃餺飥

지황으로 만든 박탁.

1) 재료

박탁

• 지황, 밀가루.

죽

• 지황, 쌀.

2) 조리법

박탁

① 지황 큰 것을 취하여, 찧어서 즙을 짠다.

② ①을 고운 밀가루와 섞어서 박탁을 만든다.

죽

① 지황을 깨끗이 손질해 가늘게 썬다.

② ①과 쌀로 죽을 끓인다.

3) 원문

최원량의 『해상집험방』에 "심통을 치료하고, 충적을 없앨 때, 지황 큰 것을 취하여, 깨끗이 씻어 찧어서 즙을 짠 후, 밀가루와 섞어서 박탁을 만드는데, 이것을 먹고 나서 한 자쯤 되는 벌레가 나오면 나은 것이다.”라고 했다. 정원 연간에 통사사인이었던 최항의 딸에게 (지황으로) ‘도’를 만들어 먹였더니 두꺼비 모양의 벌레가 나왔고, 이때부터 심장질환이 나았다고 했다. 『본초』에 “(물에) 뜨는 것이 천황, 반쯤 잠기는 것이 인황인데, 가라앉는 것이 좋다.”라 했다. 맑은 즙을 내 사용해야 알맞지만, 소금을 넣어 먹으면 안 된다. 혹은 깨끗이 손질해 가늘게 썰어 쌀과 함께 죽을 끓이기도 하는데 이로움이 많다.

崔元亮『海上集驗方』, “治心痛, 去蟲積[73], 取地黃大者, 淨洗搗汁, 和麵作餺飥[74], 食之, 出蟲尺許, 即愈.”[75] 貞元[76]間, 通事舍人崔杭女作淘食之, 出蟲如蟆狀, 自是心患除矣.[77] 『本草』, ‘浮爲天黃, 半沉爲人黃, 惟沉底者佳’[78]. 宜用淸汁, ‘入鹽’[79]則不可食. 或淨細截, 和米煮粥, 良有益也.

---

73) 충적蟲積: 배 안에 충이 몰려서 얼굴이 누렇고 몸이 여위며, 때로는 쓴 물을 게우고 배가 늘 더부룩한 병.

74) 박탁餺飥: 밀가루를 반죽하여 국물에 적당한 크기로 떼어 넣어 익힌 음식.

75) 『증류본초證類本草·건지황乾地黃』에 인용된, 최원량崔元亮의 『해상집험방海上集驗方』 내용을 축약해 인용한 것 같다. 다만, 『해상집험방』에는 박탁餺飥을 만든다는 언급은 없고 ‘액즙과 버무려 반죽해 만든 식품[도淘]’을 만든다고 기술되어 있다.

76) 정원貞元: 당 덕종 때의 연호(785-805)이다.

77) 최항崔杭 딸의 이야기는 유우석劉禹錫의 「전신방傳信方」에 실려 있다.

78) 『증류본초證類本草·건지황乾地黃』에 인용된, 당나라 본초학자인 일화자日華子의 말을 축약, 변형한 부분이라고 생각된다.

79) 입염入鹽: 지황을 넣은 국수에 소금을 넣으면 안 된다는 설명은 『증류본초證類本草·건지황乾地黃』에 언급되어 있다.

14. 매화탕병梅花湯餅[80]

혼돈피로 만든 매화 꽃잎 탕병.

1) 재료

- 백매, 단향목 분말, 밀가루, 맑은 닭 국물.

2) 조리법

① 먼저 백매와 단향목 분말을 물에 담근다.
② ①과 밀가루를 섞어 혼돈피를 만든다.
③ ②를 매화 모양틀로 찍어낸다.
④ ③을 끓여서 익혔다가 맑은 닭 국물 속을 지나가게 한다.

3) 원문

천주의 자모산에 명인이 사는데, 이전에 이것을 만들어 대접해주었다. 먼저 백매 및 단향목 분말을 물에 담근 후, 밀가루와 섞어 혼돈피를 만든다. 한 겹 한 겹, 매화처럼 다섯 잎 모양을 낼 수 있는 철틀을 사용해 찍어낸다. 끓여서 익힌 후, 맑은 닭 국물 속을 지나가게 한다. 손님들 한 사람마다 꽃잎 200여 장까지만 제공하는 것으로 생각하면 된다. 한 번 먹어도 역시 매화를 잊지 않게 된다. 후에 옥당 류원강이 "황홀하구

80) 탕병湯餅: 탕병은 보통 국수를 가리키는 경우가 많지만, 이 음식은 밀가루 반죽을 얇게 민 후 모양틀로 꽃 모양을 찍어서 만든 음식이다.

나! 고산 아래에 날리는 옥이 서호에 떠다니는 듯하네."라 한 시를 지었다.

泉[81]之紫帽山[82]有高人, 嘗作此供. 初浸白梅[83]·檀香末[84]水, 和麵作餛飩皮[85]. 每一疊用五分出鐵鑿[86]如梅花樣者, 鑿取之. 候煮熟, 乃過於雞清汁內. 每客止二百餘花可想. 一食, 亦不忘梅. 後留玉堂元剛[87]有詩, "恍如孤山下, 飛玉[88]浮西湖."[89]

---

81) 천泉: 지금의 푸젠성福建省 취앤저우泉州.

82) 자모산紫帽山: 지금의 푸젠성 취앤저우 진장시晉江市에 있는 산으로서, 취앤저우 4대산 중 하나.

83) 백매白梅: 아마 '백매육白梅肉'을 가리키는 것이라 생각된다. 백매육에 대해서는 (하) 1. 밀지매화蜜漬梅花 주석 참조.

84) 단향말檀香末: '단향목'이라는 약재의 분말이다. 단향목의 겉껍질을 벗기고 속을 말려서 사용하는데, 분말로 만들어 약재로 사용하는 경우도 있다.

85) 혼돈피餛飩皮: '혼돈餛飩'은 밀가루나 쌀가루를 반죽해서 소를 넣어 만든, 작은 교자처럼 생긴 음식인데 탕에 넣어 먹는 경우가 많다. 따라서 '혼돈피'는 혼돈을 빚기 위해 만든 얇은 피이며, 보통 밀가루 반죽을 얇게 밀어서 네모지게 자른 경우가 많다.

86) 오분출철五分出鐵: 글자의 의미와 본문의 맥락으로 볼 때, '다섯 이파리를 가진 꽃 모양을 찍어낼 수 있는, 철로 만든 모양틀'을 말한다고 생각한다.

87) 류옥당원강留玉堂元剛: 복건성 출신의 문인인 류원강留元剛. 1205년 즈음에 급제했다. 후에 권직학사원權直學士院을 역임했기 때문에 '옥당玉堂'을 붙인 것이라 생각된다.

88) 비옥飛玉: 날리는 옥. 1차적으로는 서호의 매화를 가리키는데, 임홍이 혼돈피로 만든 매화가 이와 유사하다고 설명하고자 이 시를 인용하였다고 생각된다.

89) 이 시의 제목은 찾지 못하였다.

15. 춘근혼돈椿根餛飩

참죽나무 뿌리 즙을 넣어 만든 혼돈피.

1) 재료

- 가죽나무 뿌리(혹은 참죽나무 뿌리), 밀가루.

2) 조리법

① 가죽나무 뿌리(혹은 참죽나무 뿌리)를 크게 두 움큼 취한다.

② ①을 찧어서 체에 걸러 밀가루와 섞어 반죽한 후, 쥐엄나무 열매 정도의 크기로 혼돈피를 만든다.

③ ②를 맑은 물에 끓여서 먹는다.

3) 원문

유우석이 가죽나무 뿌리를 끓여 혼돈피를 만들었던 방법이 있다. 입추 전후에는 세상에 이질과 허리 통증이 만연하다고 하니, 가죽나무 뿌리를 크게 두 움큼 취하여 찧어서 거른 후, 밀가루와 섞어 혼돈피를 만들되 쥐엄나무 열매 크기로 만든다. 맑은 물에 끓여서 매일 공복에 열 장씩 먹으면 되고 금기할 것이 없다. 산중에서 새벽에 손님이 오셨을 때 열 장 남짓을 먼저 대접하면, 유익할 뿐만 아니라 아침식사를 잠시 미룰 수 있다. 참죽나무는 실하고 향기로우며 가죽나무는 성기고 냄새가 나니, 참죽나무 뿌리가 좋을 것 같다.

劉禹錫煮樗根餛飩皮法. 立秋前後謂世多痢及腰痛, 取樗根一大兩握, 搗篩, 和麵, 捻餛飩如皂莢子[90]大. 淸水煮, 日空腹服十枚, 並無禁忌. 山家晨[91]有客至, 先供之十數, 不惟有益, 亦可少延早食. 椿實而香, 樗疏而臭, 惟椿根可也.[92]

---

90) 조협자皂莢子: 쥐엄나무 열매. 마치 콩깍지처럼 생겼고 보통 10센티 남짓의 크기이다.

91) 신晨: '량良'으로 된 판본도 있으나 『사고전서四庫全書·설부說郛』에 따라 '신晨'으로 두었다.

92) 유우석은 이 음식을 만들 때 가죽나무 뿌리를 활용한다고 하였으나, 가죽나무 뿌리는 냄새가 나므로 임홍은 참죽나무 뿌리로 만드는 것이 나을 것이라고 생각한 듯하다. 이 때문에 이 음식의 이름도 '저근혼돈樗根餛飩'이 아니라 '춘근혼돈椿根餛飩'이라 두었을 것이다.

16. 옥삼갱玉糝羹

무와 쌀가루를 넣고 걸쭉하게 끓인 국.

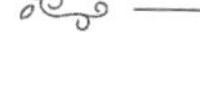

1) 재료

- 무, 백미.

2) 조리법

① 무를 찧어서 푹 삶는다.

② 백미를 갈아 넣고 ①과 함께 국을 끓인다.

3) 원문

어느 날 저녁에 동파가 동생 자유와 함께 술을 마시고 주흥이 올랐을 때, 무를 찧어 푹 삶은 후, 다른 재료들을 쓰지 않고 그저 백미를 갈아 넣고 '삼'을 만들었다. 그것을 먹다가, 갑자기 젓가락을 놓고 안석을 어루만지며 말하기를 "천축의 수타라면 모를까, 인간 세상에는 결코 이 맛이 없으리라."라고 말했다.

東坡一夕與子由[93]飮, 酣甚, 捶蘆菔[94]爛煮, 不用他料, 只研白米爲糝[95]. 食之, 忽放箸撫几曰, "若非天竺酥酡[96], 人間決無此味."[97]

---

93) 자유子由: 소식의 동생인 소철蘇轍.

94) 노복蘆菔: 무. 원래 '옥삼갱'은 토란으로 끓인 것인데 임홍은 '무'로 끓이는 것으로 설명하고 있다.

95) 삼糝: 국에 쌀을 넣거나 쌀가루를 푼 음식.

96) 수타酥酡: 유즙. 훌륭한 음식을 비유하는 말이다.

97) 임홍이 이 음식과 관련된 일화를 잘못 인용한 듯하다. 소식이 해남도海南島에 유배되었을 때 아들 소과蘇過가 함께 갔다. 해남도에서 소과가 아버지를 봉양하기 위해 창안하여 끓인 음식이 '옥삼갱'이다. 해당 시의 제목은 「아들 '과'가 갑자기 새로운 안을 내어, 산우로 '옥삼갱'을 끓였는데 색·향·미가 모두 더할 나위 없이 좋았다. 천상의 수타라면 모를까, 인간 세계에는 결코 이런 맛이 없으리라過子忽出新意, 以山芋作玉糝羹, 色香味皆奇絕. 天上酥酡則不可知, 人間決無此味也」인데, 제목에 나오는 '산우山芋'는 현대중국어에서는 '고구마'를 뜻하는 단어이지만, 고구마의 전래 시기를 고려했을 때 '토란'이라고 생각된다.

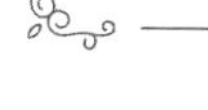

17. 백합면百合麵

백합뿌리로 만든 국수.

1) 재료

국수

- 백합 뿌리, 밀가루.

술안주

- 백합 뿌리.

2) 조리법

국수

① 중춘과 중추에 백합 뿌리를 캐서 말린다.

② ①을 찧어서 체에 거른 후 밀가루와 섞어서 국수를 만든다.

술안주

① 백합뿌리를 푹 찐 후 술과 곁들여 먹는다.

3) 원문

중춘과 중추에 백합 뿌리를 캐서 햇볕에 말린다. 찧어서 거른 후, 밀가루와 섞어 국수를 만드는데, 혈기에 매우 이롭다. 또, 푹 쪄서 술과 곁들여 먹을 수도 있다. 『세시광기』에 "2월에 심는데, 그 방법은 계분을 쓰면 알맞다."라 했다. 『화서』에는 "산지렁이가 화하여 백합이 되기 때문에, 계분과 어울린다."라 했지만, 어찌 사물들이 서로 감응하는 것이겠는가.

春秋仲月, 采百合根, 曝乾, 搗篩, 和麵作湯餠, 最益血氣. 又, 蒸熟可以佐酒. 『歲時廣記』, "二月種, 法宜雞糞." 『化書』, "山蚯化爲百合, 乃宜雞糞[98]." 豈物類之相感耶.

98) 계분雞糞: 『화서』는 도교 서적인데, 이에 따르면 지렁이가 몸을 바꾸어 백합이 되기 때문에 지렁이를 좋아하는 닭의 배설물을 거름으로 넣어주면 둘 사이의 합이 좋아 백합이 잘 자란다고 한다.

18. 괄루분栝蔞[99]粉

괄루 뿌리로 만든 전분.

1) 재료

괄루 뿌리로 전분 만들기

- 괄루 뿌리.

괄루 열매로 만든 약

- 괄루 열매, 술.

2) 조리법

괄루 뿌리로 전분 만들기

① 깊이 땅을 파서 큰 뿌리를 취한다.

② ①의 껍질을 두껍게 까서 흰 부분만 남긴다.

③ ②를 한 치 크기로 자르고 물에 담가놓고, 하루에 한 번씩 물을 바꿔주다가 닷새 지나면 건져낸다.

④ ③을 찧은 후, 명주 주머니에 넣고 걸러서 흰 액체를 취한다.

⑤ ④를 말린다.

99) 괄루栝蔞: 우리나라에서는 흔히 '하늘타리'라고 부르는데, 뿌리 및 열매 등을 약재로 사용한다.

❀ 괄루 열매로 만든 약

① 괄루 열매를 옅은 붉은 색이 될 때까지 술과 함께 볶는다.

3) 원문

손사막이 사용한 방법인데, 땅속 깊이 파서 큰 뿌리를 캔 후, 흰 부분이 나올 때까지 껍질을 두껍게 깎아내고, 한 치 정도로 잘라 물에 담근 후, 하루에 한 번씩 물을 바꿔주다가 5일째 되는 날 끄집어낸다. 그것을 절구에 찧어서 명주 주머니에 넣고, 걸러서 흰 액체를 만든 후, 말려두었다가 분식으로 만들 수 있다. 쌀과 섞어서 죽으로 만들면 숟가락에서 눈의 빛깔이 번드칠 것인데, 치즈를 더해서 먹으면 더욱 이롭다. 또 한 가지 방법은, (괄루) 열매를 취해 약간 붉은 빛이 돌 때까지 술과 함께 볶는 것으로서, 혈변이 날 때 낫게 할 수 있다.

孫思邈法, 深掘大根, 厚削至白, 寸切, 水浸, 一日一易, 五日取出. 搗之以臼, 貯以絹囊, 濾爲玉液, 候其乾矣, 可爲粉食. 雜粳爲糜, 翻匙雪色, 加以奶酪, 食之補益. 又方, 取實, 酒炒微赤, 腸風血下, 可以愈疾.

19. 소증압素蒸鴨[100]

오리인줄 착각하게 만들었던, 그냥 찐 조롱박.

1) 재료

- 조롱박.

2) 조리법

① 조롱박 겉을 깨끗이 장만하고 찐다.

3) 원문

정여경이 벗을 불러 식사를 하려는데, 일하는 사람을 불러 명하기를, "푹 끓여 털을 제거하고, 고개를 비틀어서 자르지 말아라."라 했다. 손님은 거위나 오리를 말하는 것이라 생각했다. 한참 뒤에 (음식이 나왔는데) 각기 찐 조롱박 하나씩을 받았을 뿐이었다. 지금, 권옹 악가가 음식에 대해 조리사에게 부탁하는 시가 있는데, "손가락을 움직여 솥 안을 손가락으로 찍어 맛볼 필요 없나니, 털을 제거하고 비틀어서 자르지 않은 찐 조롱박이라네."라 했다. 악가는 공훈이 있는 벌열가의 사람인데 이 맛을 알았다니 이상도 하구나!

---

100) 음식 이름 뒤에 "당 현종 때 재상인 노회근의 일화라고 말하기도 한다.(又云盧懷謹事)"라고 부기된 판본도 있다.

鄭餘慶[101]召親朋食, 敕令家人曰, "爛煮去毛, 勿拗折項." 客意鵝鴨也. 良久, 各蒸葫蘆一枚耳. 今岳倦翁珂[102]書食品付庖者詩云, "動指不須占染鼎[103], 去毛切莫拗蒸壺."[104] 岳勳閥閥也, 而知此味, 異哉.

---

101) 정여경鄭餘慶: 당나라 때의 문인으로 헌종憲宗 때 상서좌복야尙書左僕射를 맡는 등, 높은 관직을 두루 역임했다.

102) 악가岳珂(1183-1243) : 악가는 남송의 문인으로서 만년의 호가 권옹倦翁이다. 악비岳飛 장군의 후손이다. 지가흥知嘉興, 강남동로전운판관江南東路轉運判官 등의 관직을 두루 맡아 공을 세웠다.

103) 염정染鼎: 솥에 손가락을 넣어 찍어 먹는 것, 즉 음식 맛을 보는 것을 일컫는다.

104) 여기에서 인용된 악가의 시는 이 두 구절만 남아 있고 제목도 정확하게 전하지 않는다.

20. 황정과병여黃精[105]果·餠·茹

둥굴레로 만든 과식·병·채소음식

1) 재료

둥굴레 과식

- 둥굴레.

둥굴레 달인 것으로 만든 병

- 둥굴레, 검정콩과 기장 볶은 것.

둥굴레 나물

- 둥굴레 싹.

2) 조리법

둥굴레 과식

① 중춘 무렵에 땅 깊은 곳에서 뿌리를 채취한다.

② ①을 구증구포한다.

③ ②를 찧어서 엿처럼 되면 과식으로 만들 수 있다.

둥굴레 달인 것으로 만든 병

① 잘 게 썬 둥굴레 한 섬, 물 두 섬 닷 되를 끓여서 쓴맛을 제거한다.

② 명주 주머니로 ①을 걸러서 즙을 짜낸 후 가라앉혀서 맑은 물을 취한다.

---

105) 황정黃精: 둥굴레.

③ ②를 고약처럼 달인다.

④ ③을 검정콩, 기장 볶은 것과 함께 섞어서 약 두 치 정도 크기의 병으로 만든다.

❀ 둥굴레 나물

① 싹을 따서 채소 음식으로 만든다.

3) 원문

중춘 무렵에 땅 깊은 곳에서 뿌리를 채취하여 구증구포한 후, 찧어서 엿처럼 되면 과식으로 만들 수 있다. 또 잘 게 썬 것 한 섬, 물 두 섬 닷 되를 끓여서 쓴맛을 제거하고, 명주 주머니에 넣어 걸러, 즙을 짜낸 후, 가라앉혀서 맑은 물을 취하여, 다시 고약처럼 달인다. 검정콩·기장 볶은 것과 함께 약 두 치 짜리 크기로 병을 만든다. 손님이 오셨을 때 두 조각씩 대접할 만하다. 또한 싹을 따서 채소음식으로 만들 수 있다. 수양공이 복용했던 법인데, '지초의 정기이자 신선의 여유식량이라고도 이름한다'고 하였으므로 그 이로움을 알 수 있을 것이다.

仲春, 深采根, 九蒸九曝, 搗如飴, 可作果食[106]. 又, 細切一石, 水二石五升, 煮去苦味, 漉入絹袋, 壓汁, 澄之, 再煎如膏. 以炒黑豆·黃米, 作餠約二寸大. 客至, 可供二枚. 又, 采苗, 可爲菜茹[107]. 修羊公[108]服法, '芝草之精也, 一名仙人餘糧'[109], 其補益可知矣.

---

106) 과식果食: 기름·밀가루·당으로 만든 간식 종류.

107) 채여菜茹: 채소로 만든 음식.

108) 수양공修羊公: 판본에 따라 이 부분의 글자가 다르다. 『열선전列仙傳』에 따르면 수양공(?-?)은 위魏 지역 사람으로서 화음산華陰山에서 도를 닦았고 때때로 황정黃精을 복용했다고 한다.

109) 『본초도경本草圖經』에서 수양공修羊公이 한 말로 인용되어 있다.

21. 방림선傍林鮮

대나무숲 곁에서 먹는 신선한 죽순.

1) 재료

- 죽순.

2) 조리법

① 대나무 이파리를 쓸어 불을 피워 잿불에 죽순을 굽는다.

3) 원문

초여름에 대나무 숲이 무성할 때, 대나무숲 곁에서 댓잎을 쓸어 불을 피운 후, 잿불에 넣어 구우면 그 맛이 매우 신선하기에, 이름하여 '대나무숲 곁에서 먹는 신선한 맛'이라 하였다. 문여가가 임천의 지주로 있을 적에, 마침 집안 식구들과 함께 죽순 구운 것을 점심밥으로 먹고 있었는데 문득 동파의 서신을 받았다. 시에서 "청빈하지만 식탐 많은 태수를 만나고 싶나니, 위수 가에 있는 천 무 넓이의 죽순을 뱃속에 넣고 있겠지."라 하였다. (문여가는 웃느라) 자기도 모르게 온 밥상에 밥을 뿜었다고 하는데, 생각건대 이 음식을 만들어 먹었던 것 같다. 무릇 죽순은 달고 신선한 것을 귀하게 여기니 고기와 벗이 되게 하는 것은 부당하다. 지금 세속의 주방에서는 고기와 섞는 경우가 많은데, 재주도 없는 소인배가 군자를 품는 것과 같다. "대나무를 대하고도 고기를 우적우적 씹기를 원한다니, 세상에 어찌 양주학이 있을까"라고 한 동파의 뜻이 은미하구나!

夏初, 林筍盛時, 掃葉就竹邊煨熟[110], 其味甚鮮, 名曰傍林鮮. 文與可[111]守臨川[112], 正與家人煨筍午飯, 忽得東坡書. 詩云, "想見淸貧饞太守, 渭川千畝在胃中."[113] 不覺噴飯滿案, 想作此供也. 大凡筍貴甘鮮, 不當與肉爲友. 今俗庖多雜以肉, 不才有小人, 便壞君子. "若對此君[114]成大嚼, 世間哪有揚州鶴[115]"[116], 東坡之意微矣.

---

110) 외숙煨熟: 잿불에 넣어서 굽는 조리법.

111) 문여가文與可: 북송의 문인이자 화가인 문동文同(1018-1079)이다. 소식蘇軾과는 사촌 관계였다.

112) 임천臨川: 문여가가 당시에 있었던 곳은 임천이 아니라, 양천洋川(지금의 산시성陝西省 양현洋縣)이었다.

113) 소식의 「문여가가 지은 '양천의 원림 30수'에 화운하여和文與可洋川園池三十首」에서 "알겠나니, 청빈하지만 식탐 많은 태수가, 위수渭水 가에 있는 천 무 넓이의 죽순을 가슴팍에 넣고 있을 줄을.(料得淸貧饞太守, 渭川千畝在胸中)"이라고 했다.

114) 차군此君: 대나무.

115) 양주학揚州鶴: 모든 욕망을 다 이루는 것을 일컫는 말이다. 옛날에 사람들이 모여서 각자의 소원을 말하였는데, 한 사람은 양주자사揚州刺史가 되고 싶다고 말하고, 다른 이는 부자가 되고 싶다고 말하였다. 그러자 어떤 이가 '허리에 십만 관의 돈을 찬 채 학을 타고서, 양주의 하늘을 날고 싶다'라고 했다.

116) 소식의 「오잠에 사는 승려의 녹균헌於潛僧綠筠軒」 시이다.

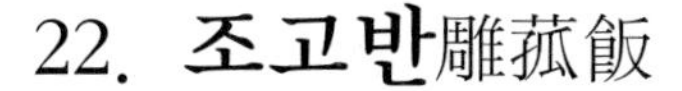

22. 조고반雕菰飯

줄풀 열매로 지은 밥.

1) 재료

- 줄풀 열매.

2) 조리법

① 줄 열매를 햇볕에 말린다.

② ①을 갈고 씻어서 밥을 짓는다.

3) 원문

줄풀 이파리는 갈대와 비슷하고 그 열매는 검은색이기에, 두보의 시에 "물결에 줄풀이 번드치니 검은 구름이 잠겨 있는 듯하네."라는 구가 있는 것이다. 지금의 '호제'가 그것이다. 햇볕에 말려서 갈고 씻어서 밥을 지으면 향기롭기도 하고 매끄럽기도 하다. 두보의 시에 "매끄러운 줄풀밥이 그립구나."라 하였다. 또한 회계 사람인 고고는 어머니를 효성스럽게 모셨다. 어머니가 줄풀밥을 좋아하자, 그는 늘 몸소 따러 다녔다. 그의 집이 태호 가에 있었는데 나중에는 호수에 줄풀만 자라고 다른 풀이 없을 정도가 되었는데, 이는 하늘이 그의 효성에 감응한 것이리라. 이 세상에 자기에게는 후하고 부모 봉양에 야박한 이들이 이것을 본다면 어찌 부끄럽지 않으랴! 아아! '맹순왕어'가 어찌 우연한 것일까!

雕菰, 葉似蘆, 其米黑, 杜甫故有 "波翻菰米沈雲黑"[117]之句, 今胡穄是也. 曝乾, 礱[118]洗, 造飯, 既香而滑. 杜詩又云, "滑憶雕菰飯"[119]. 又, 會稽[120]人顧翱[121], 事母孝. 母嗜雕菰飯, 翱常自采擷. 家瀕太湖, 後湖中皆生雕菰, 無復餘草, 此孝感也. 世有厚於己, 薄於奉親者, 視此寧無愧乎. 嗚呼, 孟筍王魚[122], 豈有偶然哉.

117) 두보의 「추흥秋興」 중 제7수에 나오는 구절이다.

118) 롱礱: 맷돌 등에 갈다.

119) 두보의 「누각에서 병든 몸으로 붓을 놀려 최, 노 시어 두 분께 부치다江閣臥病走筆寄呈崔·盧兩侍禦」에 나오는 구절이다.

120) 회계會稽: 지금의 저장성浙江省 샤오싱紹興 일대.

121) 고고顧翺: 한나라 때의 효자로 알려짐.

122) 맹순왕어孟筍王魚: 맹종孟宗과 왕상王祥, 두 효자의 일화를 일컫는다. 맹종의 어머니는 죽순을 좋아하였는데, 겨울에 죽순을 구하지 못해 맹종이 대나무 숲에서 울자 땅에서 죽순이 솟아올랐다고 한다. 왕상은 계모의 손에 구박받으며 자랐는데도 계모가 병들었을 때 늘 정성으로 모셨다. 그 계모가 늘 싱싱한 생선을 먹고 싶어 했기에, 그는 겨울에 물고기를 잡으러 갔다. 그때 꽁꽁 얼어 있던 얼음이 저절로 녹고 그 자리에 잉어 두 마리가 뛰어올랐다고 한다.

23. 금대갱錦帶羹

금대로 끓인 국.

1) 재료

- 금대 순.

2) 조리법

- 조리법 소개 없음.

3) 원문

금대라는 것은 '문관화'라고도 이름한다. 가지에서 비단같은 이파리가 자라는데, 막 돋았을 때 부드럽고 아삭아삭하여 국을 끓일 수 있다. 두보의 시에 정말로 '향기로운 금대갱 냄새 풍기네'라는 구가 있다. 어떤 이는 순채가 휘감으며 자라는 것이 띠와 같을 뿐만 아니라 더군다나 순채와 줄풀은 물가에서 함께 자라므로 (두보가 말한 금대갱은 순채로 끓인 것이라고) 말한다. 옛날에 장한이 바람이 불면 반드시 순채국과 농어회를 그리워하며 마음을 고르게 했다고 한다. 『본초』에 따르면 "순채와 농어를 함께 넣어 국을 끓이면 기운을 고르게 하고 구역질을 멈출 수 있다"고 한다. 이로써 알겠나니, 장한이 당시에 기운이 억눌리고 일 때문에 구역질이 나서 이런 생각이 났던 것일 뿐, 순채국과 농어회가 아닌들 어땠겠는가? 두보가 강각에 몸져 누웠을 때에도 아마 이와 같은 마음이었던 것 같다. 금대가 꽃이라고 말하기도 하는데 꼭 그런 것

같지는 않다. 내가 산중에 거처했기 때문에 이 꽃으로 국을 끓이는 경우를 보았는데 그 맛도 나쁘지는 않았다. (두보의 시) 주석에서 (금대를) '칠면조'라고 말한 것은 사실과 거리가 멀다.

錦帶[123]者, 又名文冠花也. 條生如錦葉, 始生, 柔脆可羹. 杜甫固有'香聞錦帶羹'[124]之句. 或謂蓴之縈紆[125]如帶, 況蓴與菰[126]同生水濱. 昔張翰臨風, 必思蓴鱸以下氣[127]. 按『本草』, "蓴鱸同羹, 可以下氣止嘔."[128] 以是知張翰在當時意氣抑鬱, 隨事嘔逆, 固有此思耳, 非蓴鱸而何. 杜甫臥病江閣, 恐同此意也. 謂錦帶爲花, 或未必然. 仆居山時, 因見有羹此花者, 其味亦不惡. 注謂'吐綬雞'[129], 則遠矣.

---

123) 금대錦帶: 보통 '병꽃나무'라고 부른다.

124) 두보의 「누각에서 병든 몸으로 붓을 놀려 최, 노 시어 두 분께 부치다江閣臥病走筆寄呈崔·盧兩侍禦」에 나오는 구절이다.

125) 영우縈紆: 휘감다.

126) 순여고蓴與菰: 여기에서 순채와 줄풀이 함께 거론된 이유는, 두보의 시 「누각에서 병든 몸으로 붓을 놀려 최, 노 시어 두 분께 부치다」에서 "매끄러운 줄풀밥이 그립고, 향기로운 금대갱 냄새 풍기네.(滑憶雕菰飯, 香聞錦帶羹)"라고 하여 줄풀밥과 금대갱을 병렬해놓고 있기 때문이다. 줄풀밥은 (상) 22. 조고반雕菰飯 주석 참조.

127) 하기下氣: 마음을 가라앉혀 고르게 하다.

128) 『식료본초食療本草·순채蓴菜』에서는 순채와 즉어鯽魚를 함께 국으로 끓이면 이러한 효과를 볼 수 있다고 설명하였다.

129) 토수계吐綬雞: 칠면조. 토수계와 관련해서는 (하) 21. 원앙적(치)鴛鴦炙(雉) 주석 참조.

24. 박금자옥煿金煮玉

금을 지진 듯한 죽순 튀김과 옥을 끓인 듯한 죽순 죽.

1) 재료

죽순 튀김

- 죽순, 조미료, 밀가루, 기름.

죽순 죽

- 죽순, 백미.

2) 조리법

죽순 튀김

① 죽순 중에 신선하고 연한 것을 취한다.

② ①을 조미료와 함께 밀가루 옷을 얇게 입힌다.

③ ②를 노릇노릇하게 튀긴다.

죽순 죽

① 죽순을 네모진 편으로 썬다.

② ①과 백미로 죽을 끓인다.

3) 원문

죽순 중에 신선하고 연한 것을 취하여, 조미료와 함께 밀가루 옷을 얇게 입혀서 기름 속에서 튀기되, 황금색이 나도록 지지면 달고 바삭거려 좋아할 만하다. 예전에 막간산에서 노닐다가 여암 곽정부의 집을 방문하였는데 아침식사가 지연되자, 죽순을 네모진 편으로 썰어 백미와 함께 죽을 끓여주었는데 맛이 아주 좋았다. 이에 그에게 장난으로 말하길, "이 방법은 기운을 아껴주는군요."라 하였다. 제전의 「순소」에서 '기름 그릇 안에서 끌어서 황금빛으로 지지고, 죽 솥 안에서 어우러지게 하여 백옥빛으로 끓이네."라 하였으니, (죽순 튀김과 죽순 죽) 두 음식을 겸하여 먹을 수도 있겠다. 환관 곽정부는 귀한 신분인데도 산림의 맛을 달게 여겼으니, 신기하구나!

筍取鮮嫩者, 以料物[130]和薄麵, 拖油煎, 煿[131]如黃金色, 甘脆可愛. 舊遊莫干[132]訪霍如庵正夫[133], 延早供. 以筍切作方片, 和白米煮粥, 佳甚. 因戲之曰, "此法制惜氣也." 濟顚[134]「筍疏」云, "拖油盤內煿黃金, 和米鐺中煮白玉." 二者兼得之矣. 霍北司[135]貴分也, 乃甘山林之味, 異哉.

---

130) 요물料物: 조미료.

131) 박煿: 지지다.

132) 막간莫干: 막간산莫干山. 지금의 저장성浙江省 후저우湖州에 있다.

133) 곽여암정부霍如庵正夫: '여암如庵'은 호라고 생각되고, 이름이 곽정부霍正夫일 텐데 누구인지 찾지 못하였다. 다만 본문에서 그가 '북사北司'라고 언급되었기 때문에 환관의 신분이었다고 생각된다.

134) 제전濟顚: 남송 때의 승려인 제공濟公 화상.

135) 북사北司: 환관. 당나라 때 중앙 정무 기관을 남사南司, 환관으로 조직한 내시성內侍省을 북사라고 한 데서 유래하였다.

25. 토지단土芝丹

지초와 연단 같은 기능을 하는 토란.

1) 재료

❀ 큰 토란 구워 먹는 법

- 토란, 술, 술지게미, 종이, 겨.

❀ 작은 토란 구워 먹는 법

- 토란, 볏짚.

2) 조리법

❀ 큰 토란 구워 먹는 법

① 큰 토란을 축축한 종이로 싼다.

② ①의 겉에 끓인 술과 술지게미를 섞어 바른다.

③ 겨로 불을 피운 후 ②를 재에 묻어 굽는다.

④ 익은 냄새가 나면 ③을 끄집어내어 땅속에 두면서 따뜻할 때 먹는다.

❀ 작은 토란 구워 먹는 법

① 작은 토란은 햇볕에 말려 항아리에 넣어둔다.

② 추울 때 볏짚으로 피운 불로 덮어 익힌다.

3) 원문

토란은 '토지'라고도 이름한다. 큰 토란을 축축한 종이로 싼 후, 끓인 술과 술지게미를 섞어 그 바깥에 바르고, 겨로 불을 피운 후 재에 묻어 굽는다. 익은 향기가 나면 끄집어내어 땅속에 넣어두고서 껍질을 벗겨 따뜻할 때 먹는다. 차게 먹으면 피를 파괴하고, 소금을 쓰면 정기를 배설하게 된다. 그 따뜻하고 보양하는 성질을 취하여 그 이름을 '토지단'이라고 하였다. 옛날에 나잔선사가 소똥으로 불을 지펴 이것을 굽고 있을 때, (줄줄 흐르는 콧물을 닦으라고) 요청하자 그것을 거절하며 "추워서 흘린 콧물을 거둘 마음도 없거늘, 속세 사람과 어울릴 시간이 어딨겠는가!"라 했다고 한다. 또 산인이 시에서 말하길, "깊은 밤에 화롯불 하나, 온 집안사람들이 둥글게 모여 앉았네. 잿불에 넣은 토란이 익으면, 천자가 나만 못하리."라 하였으니, 그 좋아하는 바를 알 수 있다. 작은 토란은 햇볕에 말려 항아리에 넣어 두었다가, 추울 때 볏짚으로 덮어 익히면 색과 향이 마치 밤처럼 되니 '토율'이라 이름한다. 아취가 산중에서 화로를 끼고 앉아 밤에 먹기에 알맞다. 양산 조여도가 시에서 "토란을 삶으니 그릇에서 구름이 생겨나고, 지푸라기를 태우니 눈 같은 재가 눈썹에 올라오네."라 했다. 아마 직접 본 것을 쓴 것이지 억지로 지어낸 것이 아니리라.

芋, 名土芝. 大者, 裹以濕紙, 用煮酒和糟塗其外, 以糠皮火煨之. 候香熟, 取出, 安地內, 去皮溫食. 冷則破血, 用鹽則泄精. 取其溫補, 名'土芝丹'[136]. 昔懶殘師[137]正煨此牛糞火中, 有召者,[138] 却之曰, "尙無

---

136) 토지단土芝丹: 신선이 되기 위해 복용한 지초와 연단의 기능을 하는 토란.

137) 나잔사懶殘師: 나잔선사. 당唐 덕종德宗 때의 승려이다. 성격은 나태한 데에서 '나懶'를, 다른 사람들이 먹고 남은 음식으로 식사를 했다는 데에서

情緖收寒涕, 那得工夫伴俗人."[139] 又, 山人詩云, "深夜一爐火, 渾家團欒坐. 煨得芋頭熟, 天子不如我."[140] 其嗜好可知矣. 小者, 曝乾入甕, 候寒月, 用稻草盦[141]熟, 色香如栗, 名'土栗'. 雅宜山舍擁爐之夜供. 趙兩山汝涂[142]詩云, "煮芋雲生缽, 燒茅雪上眉." 蓋得於所見, 非苟作也.

'잔殘'을 따와서 이름하였다고 한다.

138) 유소자有召者: 본문에는 아래의 일화가 생략되어 있다. 나잔선사의 명성을 들은 덕종이 사람을 시켜 그를 궁궐로 불러오라고 하였다. 신하가 천신만고 끝에 나잔선사를 찾아내어 황제의 명을 전하려고 했지만 그는 콧물을 줄줄 흘리며 토란을 굽느라 정신이 없었다. 신하가 비웃으며 "줄줄 흐르는 콧물이나 좀 닦으시지요."라고 하자 나잔선사가 일갈一喝했다고 한다.

139) 송나라 때 승려 혜홍각범慧洪覺範(1071-1128)이 「나잔선사懶殘」를 지어서 "추워서 흘린 콧물 거둘 여력도 없거늘, 속인을 대할 시간이 어디에 있겠는가!(尙無餘力收寒涕 , 那有功夫對俗人)"라 하였다.

140) 누구의 시인지 찾지 못하였다.

141) 암盦: (위를) 뚜껑처럼 덮다.

142) 조량산여도趙兩山汝涂: '양산兩山'은 호라고 생각되고 이름이 '조여도趙汝涂'일 것이라 생각되는데 누구인지 찾지 못하였다. 남송 때 대복고戴復古(1167-1248)가 지은 시 중에 '양산兩山 조인보趙仁甫'라는 사람이 등장하긴 하지만 조인보와 조여도가 동일한 인물인지는 알 수 없다.

26. 류엽구柳葉韭

버드나무의 여린 이파리와 부추 튀김.

1) 재료

부추 튀김

• 부추.

부추 무침

• 연한 부추, 생강 잘게 썬 것, 간장, 식초.

류엽구

• 부추, 연한 버드나무 이파리.

2) 조리법

부추 튀김

① 부추를 가지런하게 추려서 왼손으로 이파리 끝을 잡고 뿌리 쪽을 끓는 물 안에 세우듯이 담근다.

② 오른손으로는 대나무칼을 가지고 ①의 이파리 쪽을 잘라서 손이 닿은 쪽을 버린다.

③ 찬물에 ②를 헹군다.

④ ③을 튀긴다.

부추 무침

① 부추 중에 연한 것에다가 생강 잘게 썬 것, 간장, 식초 몇 방울과 섞어 먹는다.

❁ 류엽구

① 여린 버드나무 이파리를 따서 손질한다.

② ①과 손질된 부추를 함께 튀긴다.

3) 원문

두보의 시에 '밤비 내릴 때 봄 부추를 자른다네'라고 하였는데 세상 사람들은 밭두둑에서 그것을 잘라낸 것으로 오해하고 있으며, '전剪' 자를 쓴 것이 매우 일리 있다는 것을 모르고 있다. 무릇 튀길 때에는 먼저 그 뿌리 쪽을 가지런히 해야 하나니, 염교를 조리할 때 '옥 젓가락 머리 같은 염교를 둥글고 가지런하게 하네'라고 한 의미와 같아야 한다. 이에 왼쪽 손으로 그 (이파리) 끝을 잡고서 그 뿌리 쪽을 끓는 물 안에 곧게 세워서 그 끝을 조금 잘라내는데, (손이) 접촉했던 부분을 버리고 그저 그 뿌리 부분만을 튀긴다. 본래의 성질을 지닌 채로 냉수 안에 넣었다가 끄집어내면 매우 아삭거린다. 그러나 반드시 대나무칼로 잘라야 한다. 부추 중에 연한 것에다가 생강 잘게 썬 것, 간장, 식초 몇 방울을 섞어 먹으면 소변 보기에 이로워서 소변 눌 때와 누지 않을 때를 조절할 수 있다. 또 다른 방법이 있는데, 여린 버드나무 이파리를 취하여 함께 튀기면 더욱 맛이 좋기에 '류엽구'라 이름하였다.

杜詩'夜雨剪春韭'[143], 世多誤爲剪之於畦, 不知剪字極有理. 蓋於炸時必先齊其本, 如烹薤'圓齊玉箸頭'[144]之意. 乃以左手持其末, 以其本竪湯內, 少剪其末, 棄其觸也, 只炸其本. 帶性投冷水中, 取出之,

143) 두보의 「위팔 처사께 드리다贈衛八處士」에 나오는 구절이다.

144) 두보의 「가을에 완은거가 염교 30 묶음을 보내주다秋日阮隱居致薤三十束」에 나오는 구절이다.

甚脆. 然必用竹刀截之. 韭菜嫩者, 用姜絲·醬油·滴醋伴食, 能利小水, 治淋閉. 又方[145], 采嫩柳葉少許同煠[146]尤佳, 故曰柳葉韭.

145) 우방又方 이하 구절: 이 구절이 없는 판본도 있지만, '류엽구' 이름의 유래를 설명한 중요한 부분이므로 『사고전서四庫全書·설부說郛』에 따라 실었다.

146) 잡煠: 튀기다.

27. 송황병松黃餠

송화가루와 졸인 꿀로 만든 병.

1) 재료

- 송화가루, 졸인 꿀.

2) 조리법

① 노란 송화가루를 취한다.

② ①과 졸인 꿀을 고르게 섞어서 병차 모양으로 둥글게 빚는다.

3) 원문

한가한 날에 대리시를 지나다가 평사 진개를 방문하였다. 머무르며 술을 마시는데 동자 둘이 나와 도연명의 「귀거래사」를 노래하며, 송황병을 곁들여 술을 대접해주었다. 진개는 은자의 모자를 쓰고 수염이 아름다우니 탈속한 사람들의 지표라 할 것이다. 한 편으로 술을 마시면서 한 편으로 이것을 맛보자니, 사람으로 하여금 흔연히 산림의 흥취를 일으키게 하여 낙타나 웅장이 이보다 아래의 풍미라고 느꼈다. 봄이 다해갈 때 송화가루 노란 것과 졸인 꿀을 균등하게 잘 섞어 옛날 용연병 모양 같이 만든다. 향미가 맑고 달 뿐만 아니라 얼굴을 젊게 하고 기운을 보태주니, 수명을 길게 연장할 수 있다.

暇日, 過大理寺, 訪秋巖陳評事介[147]. 留飮, 出二童, 歌淵明「歸去來辭」, 以松黃餠供酒. 陳角巾美髯, 有超俗之標. 飮邊味此, 使人灑然起山林之興, 覺駝峰·熊掌皆下風矣. 春末取松花黃和煉熟蜜[148]匀作, 如古龍涎餠[149]狀. 不惟香味淸甘, 亦能壯顔益志, 延永紀算.

---

147) 추암진평사개秋巖陳評事介: '평사' 벼슬을 하고, 호가 '추암'이며 이름이 '개'이다. 남송 때의 관료인데 자세한 행적은 찾지 못하였다.

148) 연숙밀煉熟蜜: 끓여서 졸인 꿀. 약재를 만들 때 쓰는 경우가 많다.

149) 용연병龍涎餠: 품질이 매우 좋은 병차餠茶를 말하는 듯하다. 옛날 병차는 일반적으로 둥글게 만들거나, 혹은 둥글게 빚은 후에 가운데에 구멍을 내어 꿰미에 꿸 수 있게 만드는 경우가 많았다.

28. 수경엽酥瓊葉

바삭바삭하고 옥 이파리 같은, 구운 증병.

1) 재료

• 증병, 꿀, 기름.

2) 조리법

① 묵혀둔 증병을 얇게 썬다.
② ①에 꿀, 혹은 기름을 바르고 불 위에서 굽는다.
③ 바닥에 종이를 펴고 ②에서 탄 부분을 털어낸다.

3) 원문

묵혀둔 증병을 얇게 썰어 꿀, 혹은 기름을 바른 후 불 위에서 굽는다. 바닥에 종이를 펴서 화기를 날리면 매우 부드럽고 바삭바삭할 뿐만 아니라, 염증을 가라앉히고 음식을 소화시킬 수 있다. 양성재가 시에서 "깎아서 만든 옥 이파리 조각인가, 씹으면 눈꽃 소리가 난다네."라고 하였는데 정말 잘 형용한 것이다.

宿蒸餠, 薄切, 塗以蜜, 或以油, 就火上炙. 鋪紙地上, 散火氣[150], 甚松脆, 且止痰化食. 楊誠齋詩云, "削成瓊葉片, 嚼作雪花聲."[151] 形容盡善矣.

---

150) 화기火氣: 불기운. 여기서는 불에 직접 구워서 생긴, 탄 부분 등을 일컫는 듯하다.

29. 원수채元修菜

잠두 나물로 끓인 국.

1) 재료

• 잠두 이파리 싹, 참기름, 두시, 소금, 오렌지, 생강, 파.

2) 조리법

① 잠두 이파리 싹 중에 부드러운 것을 따서 씻는다.

② ①을 참기름에 볶다가 두시와 소금을 넣고 끓인다.

③ ②에 잘게 썬 오렌지 껍질, 생강, 파를 첨가한다.

3) 원문

소동파에게 벗인 '소원수'와 관련된 시가 있다. 매번 "콩깍지처럼 둥글고 작으며, 홰나무 싹처럼 가늘지만 통통할 텐데."라는 구를 읽었는데, 밭두둑 사이에서 실제로 따서 그것이 맞는지를 확인하고 싶지 않은 적이 없었다. 때마다 오래 농사를 지은 여러 사람들에게 물어보아도 말해줄 수 있는 사람이 거의 없었다. 하루는 영가의 정문건이 촉에서부터 돌아오는 길에 '매번'을 지나길래, 그에게 물었더니, "잠두, 즉 완두 종류입니다. 촉 사람들은 그걸 '소채'라고 부르는데 싹이 부드러울 때 따서 먹을 수 있습니다. 골라서 씻어서 참기름에 볶다가 장과 소금을 넣고

---

151) 양만리의 「증병을 굽다炙蒸餅」에 나오는 구절이다.

그것을 넣어 끓입니다. 봄이 다 가고 이파리가 억세지면 못 먹습니다. 동파가 '술을 따라놓고 소금과 두시를 풀어 넣고, 잘게 썬 오렌지(껍질)와 생강, 파 넣어 국 끓이리'라 한 것은 제대로 된 조리법이 맞습니다." 라고 답하였다. 군자가 하나의 사물에 대해 모르는 것을 부끄러이 여겨서 반드시 오래도록 멀리 다니며 역람歷覽한 이후에라야 견문이 넓어질 것이다. 동파의 시를 20년 동안 읽었는데 하루아침에 (사실을) 알게 되니 그 기쁨을 알 만할 것이다.

東坡有故人巢元修菜詩[152]云, 每讀'豆莢圓而小, 槐芽細而豐'之句, 未嘗不實搜畦壟間, 必求其是. 時詢諸老圃, 亦罕能道者. 一日永嘉[153]鄭文乾[154]自蜀歸, 過梅邊[155], 有叩之, 答曰, "蠶豆, 即豌豆也. 蜀人謂之巢菜, 苗葉嫩時可采以爲茹. 擇洗, 用眞麻油[156]熟炒, 乃下

---

152) 소식의 「원수채元修菜」 시를 말한다. 소식은 이 시의 서문에서 다음과 같이 말하였다. "채소 중에 맛이 좋은 것으로서, 우리 고향의 '소巢'가 있다. 벗인 '소巢원수'가 그것을 좋아하였는데 나 또한 그것을 좋아했다. 소원수가 말하길, '만약 공북해가 본다면 (이 채소 이름에 같은 글자가 들어가므로) 분명 우리 소巢씨네 집안의 채소냐고 물을 것'이라고 했다. 그래서 그것을 '원수채'라고 부르게 됐다. 먹고 싶은 생각은 많지만 내가 고향을 떠난 지 십오 년이 되도록 구할 수가 없었다. 소원수가 마침 촉 땅에서 와서 황주에서 나와 만났다. 이에 이 시를 지어 그가 돌아가면 종자를 좀 보내도록 하여, 동파 아래에 심어볼까 한다.(菜之美者, 有吾鄉之巢. 故人巢元修嗜之, 余亦嗜之. 元修云, '使孔北海見, 當復云吾家菜耶?' 因謂之元修菜. 余去鄉十有五年, 思而不可得. 元修適自蜀來, 見余於黃. 乃作是詩, 使歸致其子. 而種之東坡之下云)"

153) 영가永嘉: 지금의 저장성浙江省 원저우溫州의 한 지역.

154) 정문건鄭文乾: 누구인지 찾지 못하였다.

155) 매변梅邊: 직역하면 '매화 곁'이지만 지명이라고 생각된다. 각 지역에 '매梅'가 들어가는 지명이 있기에 어디인지 확정할 수 없다.

156) 진마유眞麻油: 참기름.

醬·鹽煮之. 春盡, 苗葉老, 則不可食. 坡所謂'點酒下鹽豉, 縷橙[157] 芼[158]薑蔥'者, 正庖法也." 君子恥一物不知, 必遊歷久遠, 而後見聞博. 讀坡詩二十年, 一日得之, 喜可知矣.

157) 등橙: 오렌지. 여기서는 오렌지 껍질을 활용해서 국을 끓였다.

158) 모芼: 국에 넣는 나물이라는 뜻인데 여기서는 그러한 나물을 넣고 국을 끓이는 것을 뜻한다.

30. 자영국紫英菊

국화 싹으로 끓인 국.

1) 재료

• 국화 싹, 생강, 소금, 구기자 이파리.

2) 조리법

① 봄에 국화 싹을 딴다.

② ①을 대충 볶다가 생강과 소금을 넣어 국을 끓인다.

③ ②에 구기자 이파리도 보태 끓이면 더욱 좋다.

3) 원문

국화를 '치장'이라고도 하고 『본초』에서는 '절화'라고도 한다. 도홍경이 주석에서 말하길, "국화에는 두 가지 종류가 있는데, 줄기에 자줏빛이 돌고 향기가 나면서 맛이 단 것의 경우 그 이파리로 국을 끓일 수 있다. 줄기에 푸른빛이 돌고 크며, 향기가 마치 쑥과 같고 율무처럼 쓴 것은 먹는 것이 아니다."라 했다. 지금의 조리법은, 봄에 잎을 따서 대충 볶다가 끓이되 생강과 소금을 넣어 국을 끓이는 것으로서, 마음을 맑히고 눈을 밝게 하는데, 구기자 이파리를 보태면 더욱 좋다. 천수자가 「구기자와 국화를 읊다」에서 말하길, "저 구기자 아직 가시 되지 않았고, 저 국화 아직 시들지 않았으니, 나를 어찌할 건가."라 했다. 『본초』에서는 구기자 이파리가 마치 석류 잎 같고 부드럽다면 몸을 가볍게 하고 기운을 도울 수 있다고 하였다. 그 열매가 둥글고 가시가 있는 것은 '구극'이라 이름하고 먹을 수 없다. 구기자와 국화는 미물이지만 작은 차이만 있어도 먹을 수 없다. 그런즉 군자와 소인은 어찌 분별하지 않을 수 있을까!

菊, 名治蘠, 『本草』名節花, 陶注[159]云, "菊有二種, 莖紫氣香而味甘, 其葉乃可羹. 莖青而大, 氣似蒿而苦若薏苡[160], 非也."[161] 今法, 春采苗葉, 略炒煮熟, 下薑·鹽羹之, 可淸心明目, 加枸杞葉尤妙. 天隨子[162]「杞菊賦」云, "爾杞未棘, 爾菊未莎, 其如予何." 『本草』, "其杞葉似榴而軟者, 能輕身益氣."[163] 其子圓而有刺者, 名枸棘, 不可用. 杞菊微物也, 有少差, 尤不可用. 然則君子小人豈容不辨哉.

---

159) 도주陶注: 도홍경陶弘景이 쓴 『신농본초경집주神農本草經集注』를 말한다.

160) 의이薏苡: 율무.

161) 『증류본초證類本草』에 실려 있다.

162) 천수자天隨子: 당나라 때 문인인 육귀몽陸龜蒙(?-881).

163) 『식료본초食療本草』의 내용과 유사하지만 일치하지는 않는다.

31. 은사공銀絲供

은빛 실을 대접하기.

1) 재료

조리법 소개 없음.

2) 조리법

조리법 소개 없음.

3) 원문

약재 장자는 성품이 산과 물을 좋아하는 선비이다. 하루는 낮에 술을 마시는데 몇 잔 마신 후에 아랫사람에게 일러 '은빛 실'을 대접하라고 명하면서 그들에게 주의를 주기를, "조절함에 있어서는 가르침에 맞아야 하고, 또 진정한 맛을 지닐 수 있게 해야 한다."라고 하였다. 여러 손님들은 그것이 틀림없이 '회'일 것이라고 말하였다. 한참 후에 금 하나를 내오더니, 금 연주자에게 「이소」 한 곡을 청하니, 좌중들은 그때에야 '은빛 실'이 금의 현임을 알아차렸다. '조절함에 있어 가르침에 맞아야 한다'는 것은 현을 조율해야 한다는 것이었다. '진정한 맛을 지닐 수 있도록 해야 한다'는 것은 아마 도잠이 '금과 서예에 진정한 맛이 있네'라고 한 의미를 취한 듯하다. 장씨 집안은 공훈을 세운 집안인데, 이러한 진정한 맛을 알 수 있다니, 현명하구나!

張約齋鎡[164], 性喜延山林湖海之士. 一日午酌, 數杯後, 命左右作銀絲供, 且戒之曰, "調和教好, 又要有眞味." 衆客謂必膾也. 良久, 出琴一張, 請琴師彈「離騷」一曲. 衆始知銀絲乃琴弦也. 調和教好, 調弦也. 又要有眞味, 蓋取陶潛'琴書中有眞味'[165]之意也. 張, 中興勳家[166]也, 而能知此眞味, 賢矣哉.

---

164) 장약재자張約齋鎡: 호가 '약재'이고 이름이 '자'이다. 문인으로서 12세기 후반에 활동했다.

165) 이 부분은 소식의 사詞 「초편哨遍 · 위미절요爲米折腰」에 나오는 구절이다.

166) 중흥훈가中興勳家: '중흥사장中興四將'이 배출된 벌열 집안. 장준張俊(1086-1154)은 남송 초의 명장으로서, 악비岳飛, 한세충韓世忠, 유광세劉光世와 더불어 '중흥사장'이라고 불렸다. 따라서 장자네 집안은 중흥사장을 배출한 걸출한 집안이라 칭할 만하다.

32. 부자분鳧茨粉

올방개 전분.

1) 재료

- 올방개.

2) 조리법

① 올방개를 캐서 햇볕에 말린다.

② ①을 갈아서 맑게 가라앉혀서 걸러내는데, 아래에 가라앉은 분말을 취한다.

3) 원문

부자 가루로는 분식을 만들 수 있는데, 그것의 매끄러움과 달콤함은 다른 가루와 다르다. 우연히 천태산의 진매네 집에서 나에게 베풀어주셨기에 그 방법을 알 수 있게 됐다. 부자는 『이아』에서 "'작芍'이라고 한다."고 했다. 곽박郭璞이 주석에서 말하길, "하급의 밭에서 자라는데 싹은 용수염처럼 가늘고, 뿌리는 손가락같이 생겼고 검은데 먹을 수 있다."라 하였는데, 바로 발제이다. 캐서 햇볕에 말린 후, 갈아서 맑게 가라앉혀서 걸러내는데, 마치 녹두전분 만드는 방법과 같다. 뒤에 유일지의 『비유류고』를 읽었는데, 그의 시에서 말하길, "남산에 토란 있고, 봄 밭에는 올방개 많네. 어찌 물만 내보내게 해주랴, 내 배고픔을 낫게 한다네."라 했다. 믿을 만하겠다! 먹을 수 있을 것이다.

梟茨[167]粉, 可作粉食, 其滑甘異於他粉. 偶天台[168]陳梅廬[169]見惠, 因得其法. 梟茨, 『爾雅』, "一名芍." 郭云, "生下田, 苗似龍鬚而細, 根如指頭黑色可食."[170] 即荸薺也. 采以曝乾, 磨而澄濾之, 如綠豆粉法. 後讀劉一止『非有類稿』[171], 有詩云, "南山有蹲鴟, 春田多梟茨. 何必泌之水[172], 可以療我饑."[173] 信乎, 可以食矣.

---

167) 부자梟茨: '발제荸薺'라고도 하며, 우리말로는 '올방개'로 푼다.

168) 천태天台: 천태산天台山. 지금의 저장성浙江省 티앤타이현天台縣 북쪽에 있다.

169) 진매陳梅: 누구인지 찾지 못하였다.

170) 이 부분은 판본별로 글자 출입이 있는데, 『이아주소爾雅注疏』에 따라 바꾸었다.

171) 유일지劉一止: 송대 문인인 유일지(1078-1161). 저서로 『유고類稿』 50권이 있다.

172) 비지수泌之水: 『천주본초泉州本草』에 따르면 올방개는 소변이 잘 나오지 않는 증상을 치료할 수 있다고 한다. 이에 따라 '비지수泌之水'는 소변을 분비하도록 한다는 의미로 풀었다.

173) 「남산에 토란이 있다는 한 수의 시를 마을의 여러 사람들에게 보이다南山有蹲鴟一首示里中諸豪」에 나오는 구절이다.

33. 첨복전薝蔔煎

치자꽃 지짐.

1) 재료

- 치자꽃, 감초물, 밀가루, 기름.

2) 조리법

① 큰 치자꽃을 따서 끓는 물에 데쳐서 약간 말린다.

② 감초물로 밀가루 반죽을 묽게 해서 ①에 바른다.

③ ②를 기름에 지진다.

3) 원문

예전에 만당 유재의 댁에 방문해 머무르며 낮에 술을 마시는데 이것을 내어와 대접해주셨는데 맑고 향기로워서 정말 아낄 만하였다. 그것에 대해 물어보니 치자꽃이라 하였다. 큰 치자꽃을 따서 끓는 물에 데쳐서 약간 말린 후, 감초물로 밀가루 반죽을 묽게 해서 (바르고) 기름에 끌어 지지면 '첨복화 지짐'이라 한다. 두보의 시에 "몸에 대해서 말하자면 물들이는 데에 유용하고, 더불어 말하면 기운을 서로 화락하게 하네."라 하였다. 지금 그것을 만들어보니 맑고 조화로운 풍미가 갖추어졌다.

舊訪劉漫塘宰[174], 留午酌, 出此供, 淸芳, 極可愛. 詢之, 乃梔子花也. 采大者, 以湯灼過, 少乾, 用甘草水和稀麵, 拖油煎之, 名薝蔔[175]煎.

杜詩云, "於身色有用, 與道[176]氣相和."[177] 今旣制之, 淸和之風備矣.

174) 유만당재劉漫塘宰: 유재劉宰(1167-1240)는 호가 '만당漫塘'이다.

175) 첨복薝蔔: 불경에 '첨복화薝蔔花'라고 기록되었는데, 치자꽃을 말한다.

176) 여도與道: 송대 왕십붕王十朋은 「치자薝蔔」에서 "선우는 언제 왔을까? 멀리 비사가녹자모원毘舍佉鹿子母園에서 왔다네.(禪友何時到, 遠從毘舍園)"라 했다. 여기에서 '참선 친구[선우禪友]'가 바로 치자의 별칭이다. 두보가 함께 이야기한다[여도與道]고 말한 부분은 치자의 별칭이 '참선 친구'라는 데서 착안하여, 치자와 함께 이야기를 나누면 기운이 화락해진다고 표현한 것이다.

177) 두보의 「치자梔子」 시이다.

34. 호루채蒿蔞菜(호어갱蒿魚羹)

물쑥 나물 무침과 물쑥을 넣어 끓인 생선국.

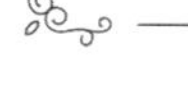

1) 재료

- 물쑥, 기름, 소금, 식초, 육조.

2) 조리법

① 물쑥 줄기를 따서 이파리는 제거하고 끓는 물에 데친다.

② ①을 기름, 소금, 식초에 적셔서 음식을 만든다.

③ ②에 육조를 첨가해서 음식을 만들어도 된다.

3) 원문

예전에 강서 임산방 선생의 서원에서 객이 되었을 때, 봄이면 이 채소를 많이 먹었다. 줄기를 따서 이파리는 제거하고 끓는 물에 데친 후, 기름, 소금, 식초에 적셔서 음식을 만든다. 혹은 육조를 첨가해도 향기롭고 아삭하여 정말 아낄 만하다. 뒤에 경사로 돌아온 후에도 봄만 되면 이 음식을 그리워하였다. 우연히 이죽야가 만든 기백암에 이웃하게 되었는데, 그가 강서 사람이었기 때문에 그 음식에 관해 물어보았다. 이죽야가 말하길, "『광아』에는 '물쑥'이라고 이름하였는데, 하등급의 밭에서 자라고, 강서 지방에서는 이것으로 생선국을 만들지요. 육기가 소를 써서 '이파리는 쑥과 비슷한데 흰색이며 쪄서 음식을 만든다'고 했습니다. 「한광」에서 '물쑥을 베어야지'라고 했을 때의 '물쑥'이랍니다."라 했다.

황산곡의 시에서 "물쑥은 옥 비녀와 같아 수차례 젓가락질하네."라 하였고 시의 주석으로 고증해보니 과연 그러하다고 하겠다. 이씨는 이헌 선생의 아들로서 일찍이 서산처사를 좇아 박학굉사과에 급제하기 위해 공부하였으므로, 초목에 대해 많이 아는 것이 맞겠다.

舊客江西林山房[178]書院, 春時多食此菜. 采莖去葉, 湯灼, 用油·鹽·苦酒沃之爲茹. 或加以肉臊[179], 香脆, 良可愛. 後歸京師, 春輒思之. 偶遇李竹野制機伯庵[180]隣, 以其江西人, 因問之. 李云, "『廣雅』名蔞, 生下田, 江西用以羹魚. 陸「疏」[181]云, '葉似艾, 白色, 可蒸爲茹.' 即「漢廣」[182]'言刈其蔞'之蔞." 山谷詩云, "蔞蒿數箸玉横簪."[183] 及證以詩注, 果然. 李乃怡軒[184]之子, 嘗從西山[185]問宏詞[186]法, 多識草木, 宜矣.

---

178) 강서임산방江西林山房: 강서의 임산방 선생. 송대 관료 임몽영林夢英을 가리킨다. 그는 강서江西의 무주撫州 사람으로서 사람들이 '산방선생山房先生'이라고 불렀다. 각종 공훈을 세운 후 관직에서 물러나 무주성撫州城 서쪽 금석대金石臺에 거처하며 장서각을 세우고 독서에 전념했다고 한다. (하) 22. 순궐혼돈筍蕨餛飩에도 언급된 인물이다.

179) 육조肉臊: '육조肉燥'와 같다. 잘게 썬 고기와 양념을 함께 볶아서 밥이나 국수에 곁들여 먹는 음식이다.

180) 이죽야제기백암李竹野制機伯庵: 정확한 의미를 찾기 어려웠다.

181) 삼국시대 육기陸璣의 「모시초목조수충어소毛詩草木鳥獸蟲魚疏」를 말한다.

182) 『시경詩經·주남周南·한광漢廣』이다.

183) 산곡 황정견의 「토산채를 지나며過土山寨」에 나온 구절이다.

184) 이헌怡軒: 누구인지 찾지 못하였다.

185) 서산西山: 남송대에 '서산처사西山處士'라고 불렸던 우번虞璠을 가리키는 듯하다.

186) 굉사宏詞: 과거 시험 종목의 하나인 박학굉사과博學宏辭科를 가리킨다.

35. 옥관폐玉灌肺

관폐처럼 만든 대체육 음식.

1) 재료

• 진분, 유병, 참깨, 잣, 껍질 벗긴 호두, 소회향, 백당, 홍국, 매운 즙.

2) 조리법

① 진분, 유병, 참깨, 잣, 껍질 벗긴 호두에 약간의 소회향을 더한다.

② 백당과 홍국 약간을 가루로 만들어 ①과 반죽한다.

③ ②를 시루에 넣고 쪄서 폐 모양 덩어리로 자른 후, 매운 즙과 함께 내놓는다.

3) 원문

진분, 유병, 참깨, 잣, 껍질 벗긴 호두에 약간의 소회향을 더하고, 백당과 홍국 약간을 가루로 만들어 잘 반죽한 후, 시루에 넣고 쪄서 폐 모양 덩어리로 자른 후 매운 즙과 함께 대접한다. 지금의 황궁 주방에서는 '황상이 사랑하는 옥관폐'라고 이름하였는데, 그것을 종합해보면 채식을 제공하는 것에 불과하다. 그러나 이로써 궁중에서 검약함을 숭상하고 살생을 좋아하지 않는 의도를 알 수 있나니, 산에 거처하는 자들이 어찌 사치를 부리겠는가!

眞粉[187]·油餠·芝麻·松子·胡桃去皮, 加蒔蘿少許, 白糖[188]·紅麴少許, 爲末拌和, 入甑蒸熟, 切作肺樣塊子, 用辣汁供. 今後苑[189]名曰御愛玉灌肺[190], 要之, 不過一素供耳. 然以此見九重崇儉不嗜殺之意, 居山者豈宜侈乎.

---

187) 진분眞粉: '밀가루'로 번역하기도 하는데 무엇인지 정확하지 않다. 다만 옥관폐는 대체육 음식이므로 '진분'이 '밀 글루텐'일 가능성도 있다고 생각된다.

188) 백당白糖: 이것이 요즘 우리가 사용하는 흰색의 가루 설탕은 아닐 것이다. 그러나 사탕수수즙을 정제하여 만든 백색의 고체 설탕[석밀石蜜]은 당송대에 이미 사용되고 있었으므로, 본문에서 말한 백당은 엿 종류가 아니고 고체형 설탕이라고 생각된다.

189) 후원後苑: 남송 황궁의 주방. (하) 50. 모란생채牡丹生菜의 내용을 근거로 이렇게 추정하였다.

190) 관폐灌肺: 개봉開封과 항주杭州의 전통 음식이다. 동물의 폐를 깨끗이 씻은 후, 대롱 등을 이용해서 각종 양념을 폐포 안으로 관입灌入한다. 마지막으로 쪄서 내놓으면 된다.

36. 진현채進賢菜(창이반蒼耳飯)

도꼬마리 잎 무침(도꼬마리 열매로 만든 건량)

1) 재료

❁ 도꼬마리 잎 무침.

- 도꼬마리, 생강, 소금, 식초.

❁ 건량

- 도꼬마리 열매, 쌀가루.

2) 조리법

❁ 도꼬마리 잎 무침

① 도꼬마리 여린 이파리를 따서 씻어서 데친다.

② ①에 생강, 소금, 식초를 넣고 무친다.

❁ 건량

① 도꼬마리 열매로 쌀가루를 물들여 '건량'을 만든다.

3) 원문

도꼬마리는 '시이'이다. 강동에서는 '상시'라고도 이름하며 유주에서는 '작이'라고도 하는데, 형태가 마치 쥐의 귀와 같다. 육기가 「소」에서 말하길, "이파리가 청백색이고 고수와도 비슷하며, 흰 꽃이 피고 줄기가 가늘며 넝쿨로 자란다."라 하였다. 여린 이파리를 따서 씻어서 데친 후,

생강, 소금, 식초와 함께 섞어 음식을 만들면 풍질을 치료할 수 있다. 두보가 시에서 "하물며 도꼬마리가 풍질을 치료한다기에, 아이가 때맞춰 따고 있다네."라고 하였고 『시』의 「권이」편 첫 장에서 "(도꼬마리를 캐다가) 임이 그리워서, 저 큰길에 놓아버렸네."라 하였다. 술을 담그는 것은 부인의 직무이고, 신하들이 애쓰고 있다면 임금은 반드시 (도꼬마리 술로) 그들을 위로해야 할 것이다. 이 때문에 도꼬마리를 캐다가 (어진 인재 등용에 대한) 감회가 생겼고, 그 생각이 (도꼬마리로 담근) 술을 (신하들을 위로하는 용도로) 사용하는 데에까지 미쳤으니, 이것으로써 옛날에 후비가 현명한 이를 채용하는 도로써 임금께 풍간하였음을 알 수 있다. 이 때문에 '현명한 이를 나아가게 하는 채소'라고 이름하였다. 장씨가 시에서 말하길, "규방에서 더불어 나라를 지키기는 진실로 어렵기에, 시종들이 높은 언덕에서 고생하는 것을 묵묵히 탄식하였네. 쇠뿔잔에 술을 따라 병든 이의 한을 풀어주려 하였나니, 도꼬마리를 캤던 것은 알고보니 술을 준비하고자 함이었네."라 했다. 그 열매로 쌀가루를 물들여 '건량'을 만들 수 있기에 옛 시에 '푸른 개울물로 쌀을 일어서 도꼬마리 밥을 지으려네'라는 구가 있었다.

蒼耳, 枲耳也. 江東[191]名上枲, 幽州[192]名爵耳, 形如鼠耳. 陸璣「疏」云, "葉青白色, 似胡荾, 白花細莖蔓生."[193] 采嫩葉洗焯, 以薑·

191) 강동江東: 장강長江은 지우강九江부터 난징南京 일부 구간까지는 서남쪽에서 동북쪽을 향해 흘러가는데, 이 구간에서 동쪽을 보통 '강동'이라 불렀다. 일반적으로 지금의 장시성江西省 지우강九江 이하부터 저장성浙江省, 장쑤성江蘇省 등의 일부 지역을 포함하는 구역이다.

192) 유주幽州: 옛 지역의 이름인데, 치소治所가 지금의 베이징北京 서남쪽 광안먼廣安門 부근이었다고 한다.

193) 삼국시대 육기陸璣의 「모시초목조수충어소毛詩草木鳥獸蟲魚疏」에 나오는 구절이다.

鹽·苦酒拌爲茹, 可療風. 杜詩云, "卷耳況療風, 童兒且時摘."[194]
『詩』之「卷耳」[195]首章云, "嗟我懷人, 置彼周行." 酒醴, 婦人之職, 臣下勤勞, 君必勞之. 因采此而有所感, 念及酒醴之用, 以此見古者後妃欲以進賢之道諷其君, 因名進賢菜. 張氏[196]詩曰, "閨閫誠難與國防, 默嗟徒御[197]困高岡. 觥罍欲解痡瘏恨, 采耳元因備酒漿."[198] 其子可染米粉爲糗, 故古詩有'碧澗水淘蒼耳飯'[199]之句云.

---

194) 두보의 「아이에게 도꼬마리를 따게 하다驅豎子摘蒼耳」에 나오는 구절이다.

195) 이 시는 여러 각도에서 해석할 수 있는데, 「모시서毛詩序」에서는 주나라 문왕文王의 후비가 어진 이를 뽑아 보좌하도록 해야 할 것을 문왕께 풍간하고 있는 것으로 보았다.

196) 장씨張氏: 북송의 유학자인 장재張載이다.

197) 도어徒御: 수레를 앞에서 끄는 자와 수레의 말을 모는 자를 함께 일컫는 말로서 시종이나 부하를 뜻한다.

198) 장재의 「'권이' 시를 해석하다卷耳解」에 나오는 구절이다. 「권이」에는 도꼬마리를 캐는 장면이 나온다. 장재는 문왕의 후비가 도꼬마리로 술을 담가서, 어진 신하의 노고를 위로하고자 했고, 또 이것을 통해서 군주에게 어진 인물을 등용할 것을 풍간하고 있다고 풀이하였다. 위 본문의 "주례酒醴……기군其君" 부분과 일치하는 설명이다.

199) 어느 시인지 알 수 없다.

37. 산해두山海兜

산에서 생산된 죽순과 고사리,
바다에서 난 생선과 새우에 녹두분피를 넣어 무친 음식.

1) 재료

- 죽순, 고사리, 생선, 새우, 간장, 소금, 간 후추, 녹두 분피, 식초.

2) 조리법

① 봄에 연한 죽순과 고사리를 따서 끓는 물에 데친다.

② 신선한 생선과 새우를 골라서, 함께 덩어리로 자른다.

③ ②를 끓는 물에 담갔다가 증기를 쬐어 익힌다.

④ ①과 ③에 간장과 소금, 간 후추를 넣고 녹두 분피와 함께 고르게 섞는다.

⑤ ④에 몇 방울 식초를 첨가한다.

3) 원문

봄에 연한 죽순과 고사리를 따서 끓는 물에 데친다. 신선한 생선과 새우를 골라서, 함께 덩어리로 자른 후, 끓는 물에 담갔다가 증기를 쬐어 익히고, 간장과 소금, 간 후추를 넣고 녹두 분피와 함께 고르게 섞어 몇 방울 식초를 첨가한다. 지금 후원에서 이 음식을 많이 올리는데 '하어순궐두'라고 부른다. 지금, 생산된 곳은 (산과 바다로서) 다르지만 부엌에서 함께 조리될 수 있으니 역시 좋은 배합이라 할 것이니, '산해두'

라고 이름하겠다. 혹은 그저 죽순과 고사리로 국을 끓이는데 이 역시 괜찮다. 매옥 허배가 시에서 "산가에서 봄 죽순과 고사리를 얻은 김에, 부엌을 빌려 몸소 불을 때서 조리하네. 청하노니 누가 내게서 한 그릇 국을 받아 가지고 가서, 조정에 고기 먹는 신하들에게 드리고 오길."이라고 했다.

春采筍·蕨之嫩者, 以湯瀹過. 取魚蝦之鮮者, 同切作塊子, 用湯泡, 暴蒸熟, 入醬油·鹽·研胡椒, 同綠豆粉皮[200]拌勻, 加滴醋. 今後苑[201]多進此, 名蝦魚筍蕨兜[202]. 今以所出不同, 而得同於俎豆間, 亦一良遇也, 名山海兜. 或只羹以筍·蕨, 亦佳. 許梅屋棐[203]詩云, "趁得山家筍蕨春, 借廚烹煮自吹薪. 倩誰分我杯羹去, 寄與中朝食肉人[204]."[205]

---

200) 분피粉皮: 우리나라의 묵처럼 만들되, 두께를 얇게 만든 음식.

201) 후원後苑: 남송 황궁의 주방. (하) 50. 모란생채牡丹生菜의 내용을 근거로 추정하였다.

202) 두兜: 두자兜子는 원래 콩가루 반죽으로 피를 만들고 속에 갖가지 소를 넣거나, 분피로 속을 싸서 투구 모양을 낸 후, 쪄서 익힌 음식이다. 다만 위의 본문에서는 분피로 싼다는 설명이 없다.

203) 허매옥비許梅屋棐: 호가 '매옥梅屋'인, 남송의 시인 허배許棐. 지금의 저장성浙江省 지역 출신이며, 1249년에 죽었다고 한다.

204) 중조식육인中朝食肉人: 조정에 고기 먹는 사람들. 복록을 많이 받는 신하들을 가리킨다.

205) 허배의 「산중에서山間」 시이다.

38. 발하공撥霞供

얇게 저민 토끼고기를 끓는 물에 담가서 즉시 익혀 먹는 음식.

1) 재료

• 토끼고기, 술, 장, 산초.

2) 조리법

① 토끼고기를 얇게 저민다.
② ①을 술, 장, 산초로 양념한다.
③ 풍로 위에 솥을 얹고, 솥에는 물을 반쯤 안 되게 부어 끓인다.
④ ②를 젓가락으로 잡아서 ③에 넣어서 익으면 꺼낸다.
⑤ 솥의 국물은 각자 내키는대로 먹으면 된다.

3) 원문

예전에 무이육곡에서 노닐다가 은자 지지사를 방문했다. 눈을 만나 토끼 한 마리를 잡았는데, 장만할 조리사가 없었다. 지지사가 말하길, “산간에서는 그저 얇게 베어서, 술과 장, 산초 등으로 그것을 적신 후, 풍로를 자리에 앉히고 솥에 반쯤 안 되게 물을 넣고서 끓는 소리가 날 때까지 기다렸다가, 한 잔을 마신 후에 각자 젓가락으로 나누어 가지고, 스스로 고기를 껴서 탕에 넣었다가 익으면 먹습니다. 마음 내키는 대로 각자에게 (솥에 있는) 국물을 제공합니다.”라 하였다. 이로부터 그 방법을 사용해보니 쉽게 행할 수 있을 뿐만 아니라 단란하고 따뜻한 즐거움까지 있었다. 5, 6년이 흘러 경사에 갔을 때, 양백암의 집에서 열린 연회에서 이것을 보았는데, 갑자기 무이로 가서 딴 세상으로 넘어간 듯하였다. 양씨네 집안은 공훈을 세운 집안으로서 옛 학문과 청빈함을 숭상하였기에 이 같은 산림의 정취가 잘 맞는다. 이 때문에 그것을 시로 읊었나니 "물결은 갠 강의 눈을 용솟음치게 하고, 바람은 저녁 무렵 노을을 뒤집네."라 하였다. 끝 구에서 "취하니 산중의 맛이 기억나, 귀한 집에 손님으로 온 것을 다 잊었네."라 하였다. 돼지나 양고기로도 그렇게 먹을 수 있다. 『본초』에 토끼고기는 기운을 보충해주지만 닭과 함께 먹지 말아야 한다고 했다.

向遊武夷六曲[206], 訪止止師[207]. 遇雪天, 得一兔, 無庖人可制. 師云, "山間只用薄批[208], 酒·醬·椒料沃之, 以風爐安座上, 用水少半銚, 候湯響, 一杯後, 各分以箸, 令自夾入湯擺熟, 啖之. 乃隨意各以汁供." 因用其法, 不獨易行, 且有團圞熱暖之樂. 越五六年, 來京師, 乃復於楊泳齋伯巖[209]席上見此, 恍然去武夷, 如隔一世. 楊, 勳家, 嗜古學而淸苦者, 宜此山林之趣. 因詩之, "浪湧晴江雪, 風翻晩照霞." 末云, "醉憶山中味, 都忘貴客來." 豬·羊皆可. 『本草』云, 兔肉補中益氣, 不可同雞食.[210]

---

206) 무이육곡武夷六曲: 무이산武夷山은 지금의 장시성江西省과 푸젠성福建省의 경계에 있는 산이다. 주희가 「무이구곡가武夷九曲歌」를 지었다.

207) 지지사止止師: 누구인지 찾지 못하였다.

208) 박비薄批: 얇게 엇베다.

209) 양영재백암楊泳齋伯巖: 호가 '영재泳齋'인 양백암. 남송의 관료였으며 1254년에 죽었다고 한다.

210) 『식료본초食療本草』에 이와 유사한 내용이 기재되어 있으나, 토끼고기를 생강, 귤과 함께 먹지 말라고 되어 있다.

39. 여당갱驪塘羹

여당 선생의 서원에서 내주던 채소국.

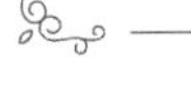

1) 재료

• 채소, 무.

2) 조리법

① 채소와 무를 잘게 썬다.

② 우물물을 길어다가 ①을 넣고 국을 끓인다.

3) 원문

예전에 위여당 선생의 서원에서 객으로 머무를 때, 매번 식사 후에 반드시 채소탕을 내주었는데 맑고 담백하여 정말 좋아할 만하였다. 식사 후에 그것을 먹으면 제호감로수도 여기에 쉽게 못 미칠 것 같았다. 조리사에게 물어보니 그저 채소와 무를 잘게 썰어 우물물로 끓이되 푹 익은 정도를 맞출 뿐이지, 다른 비법이 애초부터 없다고 하였다. 뒤에 동파의 시를 읽어보니 역시나 순무와 무만 사용할 따름이었다. 시에서 말하길, "남악의 노인이 동파갱을 끓일 수 있음을 누가 알까. 가운데에 무 뿌리가 있는데, 아직도 맑은 새벽이슬 머금고 있다네. 귀공자와는 이야기하지 말게, 그를 따라 양고기 누린내에 취할 터이니."라 하였다. 이로써 두 공의 기호를 생각해볼 수 있겠다. 지금 강서 사람들이 이 방법을 많이 사용한다.

曩客於驪塘書院[211], 每食後, 必出菜湯, 淸白極可愛. 飯後得之, 醍醐甘露未易及此. 詢庖者, 只用菜與蘆菔, 細切, 以井水煮之, 爛爲度, 初無他法. 後讀東坡詩, 亦只用蔓菁·蘿菔而已. 詩云, "誰知南嶽老, 解作東坡羹. 中有蘆菔根, 尙含曉露淸. 勿語貴公子, 從渠醉羶腥."[212] 從此可想二公之嗜好矣. 今江西多用此法者.

---

211) 여당서원驪塘書院: 남송대 문인인 위진危稹(1158-1234)이 세운 서원. 그는 지금의 장시성江西省 푸저우撫州 출신으로서, 자字가 봉길逢吉, 호號가 손재巽齋, 혹은 여당驪塘이다. 장주漳州(지금의 푸젠성福建省의 한 지역) 지주知州로 있었고, 장시성에 용강서원龍江書院을 설립하여 직접 강학했다고 한다.

212) 소식의 「소주韶州의 적대부狄大夫가 순무와 무로 국을 끓이다狄韶州煮蔓菁蘆菔羹」에 나오는 구절이다. 이 시의 주석에서 소식의 「동파갱東坡羹」의 인引을 인용하였는데, "동파거사가 끓인 채소국은 생선과 고기를 쓰지 않지만, 다섯 가지 맛 중에 자연스런 단맛이 들어가 있다네. 그 만드는 방법은, 배추, 혹은 순무, 혹은 무, 혹은 냉이를 모두 수차례 씻어서 쓴 즙을 빼낸 후 채소탕에 넣는다. 생쌀을 넣어서 '삼'을 만들고, 약간의 생강을 넣은 후, 기름 그릇으로 그 위를 덮어서 보통 밥하는 것처럼 불을 땐다. 밥이 익고, 국도 푹 끓여지면 먹을 수 있다.(東坡居士所煮菜羹不用魚肉, 五味有自然之甘. 其法, 以菘·若蔓菁·若蘿菔·若薺, 揉洗去汁, 下菜湯中. 入生米爲糝, 入少生薑, 以油盌覆之其上, 炊飯如常法. 飯熟羹亦爛可食)"라고 했다. 여기서의 '삼糝'은 (상) 16. 옥삼갱玉糝羹 주석 참조.

40. 진탕병眞湯餠

고기가 들어가지 않은 '진짜' 탕에 유병을 넣어 만든 음식.

1) 재료

• 탕, 유병.

2) 조리법

① 탕에 유병을 담가 먹는다.

3) 원문

옹과포 선생이 응원 거사를 방문하였는데, 대화 중에 (응원거사가) 노복에게 '진탕병'을 만들어 오라고 명하였다. 옹선생이 "세상에 어디 '가탕병'도 있답니까?"라 물었다. (실제로 음식을 내와서) 보니 바로 '끓인 탕에 유병을 담근 음식'이었고 한 사람이 한 잔씩 먹는 것일 뿐이었다. 옹선생이 "이럴 것 같으면, 탕에 밥을 담그면 '진포반'이라고 해도 되겠지요?"라 하니 거사가 "농사지은 것으로서, 만약 밥의 기운을 이기는 (고기가) 없다면, '진짜'라고 하겠지요."라 하였다.

翁瓜圃[213]訪凝遠居士[214], 話間, 命仆作眞湯餠來. 翁曰, "天下安

---

213) 옹과포翁瓜圃: 남송의 시인인 옹권翁卷. 호가 '과포瓜圃'이다. 지금의 저장성浙江省 출신으로, 영가사령永嘉四靈 중 한 사람이다.

214) 응원거사凝遠居士: 송대 관료인 부녕傅寧을 가리키는 듯하다. 그의 자字

有假湯餠?" 及見, 乃沸湯泡油餠, 一人一杯耳. 翁曰, "如此則湯泡飯[215], 亦得名眞泡飯乎?" 居士曰, "稼穡作, 苟無勝食氣[216]者, 則眞矣."

가 '응원凝遠'이다. 송 휘종徽宗 때 진사 급제했고, 여러 관직을 거쳐 진강晋江(지금의 푸젠성福建省 취앤저우泉州의 한 지역)의 지현知縣이 되어 공적을 세운 바 있다.

215) 탕포반湯泡飯: 양념을 하거나 볶은 밥 위에 탕을 부어 함께 먹는 음식.

216) 승사기勝食氣: 『논어論語』의 "불사승사기不使勝食氣."에 대해서 주희는 "밥은 곡식을 위주로 하여, 고기로 하여금 밥의 기운을 이기게 해서는 안 된다.(食以穀爲主, 故不使肉勝食氣)"라는 주석을 붙였다.

41. 항해장沆瀣漿

사탕수수와 무를 끓여 만든 음료.

1) 재료

• 사탕수수, 무

2) 조리법

① 사탕수수와 무를 각각 네모진 덩어리로 썬다.

② 물에 ①을 넣고 푹 끓인다.

3) 원문

눈 내리는 밤, 장일재가 손님과 술을 마셨다. 주흥이 한창일 때 문서를 관리하는 하씨가 마침 '항해장' 한 표주박을 받쳐서 내왔기에, 손님들과 나누어 마셨더니, 모르는 사이에 술을 마신 손님들이 그것 때문에 기분이 좋아졌다. 손님들이 그 만드는 방법을 묻자, 금원에서 배운 것으로서 사탕수수와 흰 무만을 사용하는데 각각 네모진 덩어리로 썰어 물로 푹 끓인 것일 뿐이라 하였다. 사탕수수는 술기운을 가시게 하고 무는 먹은 것을 소화시키므로 술 마신 후에 이것을 먹었을 경우 그 이로움을 알 수 있을 것이다. 『초사』에서 '자장'이라 한 것이 아마 이것일 듯하다.

雪夜, 張一齋[217]飮客. 酒酣, 簿書何君[218]時峰出沆瀣[219]漿[220]一瓢, 與客分飮, 不覺, 酒客爲之灑然. 客問其法, 謂得於禁苑[221], 止用甘蔗

·白蘿菔, 各切作方塊, 以水煮爛而已. 蓋蔗能化酒, 蘿菔能化食也, 酒後得此, 其益可知矣. 『楚辭』有蔗漿[222], 恐即此也.

217) 장일재張一齋: 송대 사람인 것은 맞지만 자세한 행적은 찾지 못하였다. 그가 지은 시 두 구만 전해지고 있다.

218) 부서하군簿書何君: 문서 관리를 맡아보는 하씨. 누구인지 찾지 못하였다.

219) 항해沆瀣: 한밤중의 이슬 기운을 말하는데, 신선들이 마신다고 한다.

220) 장漿: (상) 6. 빙호진冰壺珍 주석 참조.

221) 금원禁苑: 황궁의 조리실을 가리키는 듯하다. 이 책 본문에 나오는 '후원後苑'과 같은 의미로 풀었다.

222) 자장蔗漿: 사탕수수 즙.

42. 신선부귀병神仙富貴餠

백출과 석창포 등으로 만든 병.

1) 재료

• 백출, 석창포, 마, 밀가루, 백밀.

2) 조리법

① 백출은 편으로 썬 것을 사용하여 석창포와 함께 한소끔 끓인 후 햇볕에 말렸다가 가루로 만든다.

② 말린 마로 만든 가루 세 근, 흰 밀가루 세 근, 백밀 곤 것 세 근과 ①을 섞어서 병을 만든다.

③ ②를 햇볕에 말려 보관하다가, 먹어야 할 때에 찌면 된다. ②를 가닥가닥 잘라 놓으면 국을 끓일 수도 있다.

3) 원문

백출은 편으로 썬 것을 사용하며, 석창포와 함께 한소끔 끓인 후 햇볕에 말려 가루로 만드는데, 각기 네 냥을 준비한다. 말린 마로 만든 가루 세 근, 흰 밀가루 세 근, 백밀 곤 것 세 근을 다 섞어서 병을 만든 후 햇볕에 말려서 거둔다. 손님이 오면, 쪄서 먹는다. 가닥가닥 자르면 국도 끓일 수 있다. 장간공의 시에 "백출로 신선병을 만들어 내오나니, 부귀한 꽃인 창포가 들어갔다네."라 하였다.

白術用切片子, 同石菖蒲煮一沸, 曝乾爲末, 各四兩. 乾山藥爲末三斤, 白麵三斤, 白蜜[223]煉過三斤, 和作餠, 曝乾收. 候客至, 蒸食. 條切, 亦可羹. 章簡公[224]詩云, "術薦神仙餠, 菖蒲富貴花."

223) 백밀白蜜: 정제한 벌꿀.

224) 장간공章簡公: 누구인지 찾지 못하였다.

43. 향원배香圓杯

시트론으로 만든 향기로운 술잔.

1) 재료

• 시트론, 술.

2) 조리법

① 시트론 하나를 반으로 잘라서 속을 파내어 잔 두 개로 만든다.

② 좋은 술을 데워서 ①에 담아낸다.

3) 원문

익재 사혁례는 술을 즐기질 않아서 일찍이 '마시지는 않지만 그저 취객을 봐줄 수는 있다'라는 구를 지은 적이 있다. 하루는 서책 읽기와 금 타기를 마치고는 좌우에 명하여 시트론을 잘라서 잔 두 개로 만들라 하고는, 꽃을 새겨 넣고 황상이 하사한 술을 데워서 (시트론으로 만든 잔에 담아) 객들에게 권하였다. 맑은 향기가 가득하여 사람으로 하여금 금잔과 옥잔 따위를 티끌처럼 여기게끔 만들었다. 시트론은 외와 비슷하고 노란색이며, 민 지역 남쪽에서 나는 과일에 불과하지만, 수도의 귀한 집안에서 청아한 대접을 위해 구비될 수 있나니, 그 적재적소를 찾았다고 말할 수 있을 것이다.

謝益齋奕禮[225]不嗜酒, 嘗有'不飮但能看醉客'之句. 一日書餘琴罷, 命左右剖香圓[226]作二杯, 刻以花, 溫上所賜酒以勸客. 淸芬靄然, 使人覺金樽玉斝皆埃壒之矣. 香圓, 似瓜而黃, 閩南一果耳, 而得備京華鼎貴之淸供, 可謂得所矣.

225) 사익재혁례謝益齋奕禮: 누구인지 찾지 못하였다.

226) 향원香圓: 향연香櫞, 즉 시트론.

44. 해양등蟹釀橙

오렌지 껍질 안에 게 살을 넣어 찐 음식.

1) 재료

• 오렌지, 게, 술, 식초, 물, 소금.

2) 조리법

① 크고 노랗고 잘 익은 오렌지를 고르되 꼭지에 가지가 달려 있도록 딴다.

② ①에서 가지가 달려 있는 꼭지 부분을 뚜껑 모양으로 자른다.

③ 오렌지의 속을 파내되 약간의 즙은 남긴다.

④ 게 내장과 살로 ③속에 채워 넣고 ②에서 만든 뚜껑을 덮는다.

⑤ ④를 작은 시루에 넣고, 술, 식초, 물로 쪄서 익힌다.

⑥ ⑤를 식초, 소금과 함께 대접한다.

3) 원문

오렌지는 노랗게 잘 익고 큰 것을 사용하여, 뚜껑이 될 부분을 자르고, 속을 파내고 약간의 즙을 남긴다. 게 내장과 살로 그 안을 채워 넣은 후, 가지가 달려있는 꼭지 부분을 뚜껑처럼 덮어서, 작은 시루에 넣는데, 술, 식초, 물로 쪄서 익힌다. 식초와 소금과 함께 대접하면 향기롭고 신선하여, 사람으로 하여금 갓 담근 술, 국화, 오렌지, 게의 흥취를 가질 수 있게 한다. 이 때문에 손재 위진 선생이 게를 찬하여 말하길, "누런 것 가운데에서 이치를 통달하니, 아름다움이 그 속에 있고, 사지에 막힘이 없으니, 아름다움의 극치라네."라 하였다. 이것은 본디 모두 『역』에서 나온 말이나 게에서도 이 이치를 얻을 수 있다. 지금, 오렌지에 담아 익힌 게 음식에서도 그 이치를 얻을 수 있을 것이다.

橙用黃熟大者, 截頂, 剜去穰[227], 留少液. 以蟹膏肉實其內, 仍以帶枝頂覆之, 入小甑, 用酒·醋·水蒸熟, 用醋·鹽供食, 香而鮮, 使人有新酒·菊花[228]·香橙·螃蟹之興. 因記危巽齋稹[229]贊蟹云, "黃[230]中通理, 美在其中, 暢於四肢, 美之至也."[231] 此本諸『易』, 而於蟹得之矣. 今於橙蟹又得之矣.

---

227) 양穰: 볏대나 풀을 뜻하는 한자인데 이 글자로는 맥락이 통하지 않는다. 맥락으로 보아 과일의 속 과육을 뜻하는 '양瓤'으로 풀어야 할 듯하다.

228) 신주新酒·국화菊花: '새 술'과 '국화'. 본문에서는 이에 대한 단서가 나오지 않는다.

229) 위손재진危巽齋稹: 남송대 문인인 위진危稹(1158-1234). 그는 지금의 장시성江西省 푸저우撫州 출신으로서, 자字가 봉길逢吉, 호가 손재巽齋, 혹은 여당驪塘이다. 장주지주漳州知州로 있을 때에 용강서원龍江書院을 설립하여 직접 강학했다고 한다.

230) 황黃: 『역』에서 '땅'을 이야기한 부분이다. 여기에서 '누런 것'은 게의 알과 내장, 속살을 비유한다고 보았다.

231) 이 부분은 『역』에 나오는 문장을 축약, 변형한 것이다.

45. 연방어포蓮房魚包

연자 구멍 안에 생선을 채워서 쪄낸 음식.

1) 재료

- 연밥, 술, 간장, 향료, 생생한 쏘가리, 꿀, 연, 국화, 마름.

2) 조리법

① 연꽃 속 연한 연밥에서 풀대를 제거하고 바닥 부분을 평평하게 잘라 낸다.

② ①의 연자 구멍에서 속을 파내되 그 구멍 형태는 남겨둔다.

③ 술, 간장, 향료, 생생한 쏘가리 살덩어리로 ②의 구멍 속을 채운다.

④ ③의 바닥 부분을 아래로 향하게 하여 시루 안에 앉혀서 찐다.

⑤ ④의 바깥에 꿀을 도포하기도 한다.

⑥ 다 쪄지면 연, 국화, 마름으로 만든 탕과 함께 대접한다.

3) 원문

연꽃 속 연한 연밥에서 풀대를 제거하고 바닥 부분을 잘라낸 후, 연자 구멍 속을 파내되 그 구멍은 남겨놓는다. 술, 간장, 향료, 생생한 쏘가리로 그 안을 채우고, 평평하게 잘라놓은 연밥 바닥 부분으로 시루 안에 앉혀서 찐다. 혹은 바깥에 꿀로 도포하기도 하는데, 접시에 낼 때 '어부삼선'과 함께 제공한다. '어부삼선'이란 연, 국화, 마름으로 만든 탕이다. 지난번에 이춘방이 베푼 연회에서 이것을 대접받았다. 시를 얻어 "비단

꽃잎에 금빛 도롱이는 몇 겹으로 짜였는데, 무슨 일로 서로 받아들이게 되었는지 물고기에게 묻네. 몸을 솟구치게 해서 이미 연방 안에 들어갔나니, 화지를 잘 건너면 홀로 용이 되리라."라 하였다. 이씨가 매우 좋아하며 단연 1개와 용묵 5개를 선물로 주셨다.

將蓮花中嫩房去穰截底, 剜穰[232]留其孔, 以酒·醬·香料·活鱖魚塊實其內, 仍以底坐甑內蒸熟. 或中外塗以蜜, 出碟, 用漁父三鮮供之. 三鮮, 蓮·菊·菱[233]湯瀣也. 向在李春坊[234]席上, 曾受此供. 得詩云, "錦瓣金蓑[235]織幾重, 問魚何事得相容. 湧身既入蓮房去, 好度[236]華池[237]獨化龍[238]." 李大喜, 送端硯[239]一枚, 龍墨[240]五笏.

---

232) 양穰: 볏대나 풀을 뜻하는 한자인데 이 글자로는 맥락이 통하지 않는다. 맥락으로 보아 과일의 속 과육을 뜻하는 '양瓤'으로 풀어야 할 듯하다.

233) 연蓮·국菊·릉菱: 각각의 식물에서 어느 부분을 활용해서 탕을 만들었는지 찾지 못하였다.

234) 춘방春坊: 위진시대 이래로 태자궁太子宮을 '춘방'이라 불렀다. 따라서 이춘방李春坊은 태자궁의 관리인 이씨라고 풀 수 있겠다.

235) 금판금사錦瓣金蓑: 연꽃과 연잎의 모습을 형용한 표현이라 생각된다.

236) 도度: '도渡'와 통하는 글자로서 '건너다'로 풀었다.

237) 화지華池: 곤륜산崑崙山 위에 있다는 연못. 비유적인 의미로 '입'을 가리킨다.

238) 용신기입련방거湧身既入蓮房去, 호도화지독화룡好度華池獨化龍: 『임제어록臨濟語錄』에 따르면 아수라들이 제석천帝釋天과 싸우다가 패하면 8만 4천의 권속들을 거느리고 연근 뿌리의 구멍 속으로 들어가 숨는다고 한다. 이 시에서는 아수라들이 연밥 안에 들어갔는데 이것들이 입을 통과하게 되면 용으로 화하게 되리라고 말했다.

239) 단연端硯: 단주端州(지금의 광둥성廣東省 자오칭시肇慶市)에서 생산된 벼루. 당나라 초기부터 이 지역에서 벼루를 생산하였는데 그 품질이 매우 뛰어나다.

240) 용묵龍墨: 용이 새겨진 먹.

46. 옥대갱玉帶羹

옥 같은 죽순과 띠 같은 순채가 들어간 국.

1) 재료

- 순채, 죽순.

2) 조리법

- 조리법 소개 없음.

3) 원문

봄에 순호 조벽을 방문하였는데, 죽담 조옹 선생 역시 거기에 있었다. 시를 논하고 술잔을 잡으며 밤이 되었는데, 내놓을 것이 없다고 했다. 순호가 말하길, "나에게는 경'호'의 '순'채가 있다오."라 하니, 죽담이 "제게는 회계산의 '죽'순이 있답니다."라 하였다. 내가 웃으며 "(순채와 죽순으로) 국 한 그릇은 만들 수 있겠습니다."라 했다. 이에 주방에 명하여 '옥대갱'을 만들게 하였는데 옥 같은 죽순과 띠 같은 순채로 만들었기 때문에 (이렇게 이름한 것이다). 이날 밤은 매우 기분이 좋았다. 지금도 여전히 그들의 맑고 고아하며 손님을 아끼는 성품을 좋아한다. 매번 충간공의 '말을 달리고 고기를 먹는 것은 공들에게 맡길 터이니, 둥둥 떠다니는 물 위 집에 사는 이들이 진실로 나의 무리들이라네'라는 구를 읽으면, 이와 같은 흥취가 있을 뿐이다.

春訪赵蓴湖璧[241], 竹潭雍[242]亦在焉, 論詩把酒及夜, 無可供者. 湖曰, “吾有鏡湖[243]之蓴”[244] 潭曰, “雍有稽山[245]之筍[246].” 仆笑曰, “可有一杯羹矣.” 乃命庖作玉帶羹, 以筍似玉, 蓴似帶也. 是夜甚適. 今猶喜其淸高而愛客也. 每讀忠簡公[247]‘躍馬食肉付公等, 浮家泛宅眞吾徒’之句, 有此耳.

---

241) 조순호벽赵蓴湖璧: 누구인지 찾지 못하였다. 순호蓴湖가 죽담竹潭의 형인 것으로 기록된 판본도 있다.

242) 이 부분은 판본별로 글자의 차이가 크다. ‘모행택옹茅行澤雍’으로 된 판본도 있으나 뒷부분의 맥락으로 볼 때 ‘죽담옹竹潭雍’이 더 알맞아 보인다. 송대 문인인 조옹趙廱의 호가 죽담竹潭인데 ‘옹雍’과 ‘옹廱’의 발음이 같다는 점에서 동일 인물일 가능성이 높아 보인다. 조옹은 송 고종高宗 소흥紹興 24년(1154)에 진사 급제하였고, 효종孝宗 순희淳熙 2년(1175)에 지조경부知肇慶府를 맡았다.

243) 경호鏡湖: ‘감호鑒湖’를 가리킨다. 이 호수는 지금의 저장성浙江省 샤오싱紹興의 서남쪽에 있다.

244) 본인의 이름에 ‘호수’와 ‘순채’를 뜻하는 한자가 들어간 것을 가지고 해학적으로 이야기한 것이다.

245) 계산稽山: 회계산會稽山. 지금의 샤오싱 북부에 있는 산이다.

246) 순筍: 죽순. 죽담 조옹의 호에 ‘대나무[죽竹]’가 들어가기 때문에 ‘죽순’을 언급한 것이다.

247) 이 시호를 받은 이가 많아서 누구인지 확실치 않다.

47. 주자채酒煮菜[248]

순수하게 술로 끓인 '어채'.

1) 재료

- 즉어, 술.

2) 조리법

① 즉어를 술로 끓인다.

3) 원문

파강의 벗들이 술을 마시게 하면서 '술로 끓인 채소'를 대접해주었다. 채소가 아니라, 순수하게 술로써 즉어를 끓인 것이었다. 또한 말하길, "즉어는 기장이 화한 것이기 때문에, 술로 그것을 익히면 매우 유익하다네."라 하였다. 물고기를 '채소'라 이름하다니 내가 적잖이 의심스러워서 조여시의 『빈퇴록』에 기재된 것을 보니, 정주의 풍속에 따르면 백성들은 상을 입었을 때에 고기를 먹지 않고 오로지 물고기를 채소로 삼는다고 하였고, 호북 지역에서는 이것을 '어채'라고 부른다고 했다. 두소

---

248) 중국의 텔레비전 프로그램에서 이 음식을 시연한 적이 있었는데, 해당 음식을 조리하는 과정에서 생선 위에 각종 양념을 얹어서 조리하였다. 아마 『산가청공』의 취지를 살리되 현대식으로 재구성했기 때문이라 생각된다. 본문에서는 순수하게 술로 끓여낸 음식이라고 하였으므로 재연한 음식과는 차이가 있다.

릉의 「빙어」 시에 "작디작더라도 물에 사는 족속에 속하는데, 풍속에서는 밭의 채소라 하네."라 하였다. 비로소 물고기를 채소라고 하는 것을 믿게 되었다. 조여시는 옛것을 좋아하고 박학한 군자이니 그 상세한 바를 먼저 알게 된 것이 당연하겠구나!

鄱江[249]士友命飮, 供以酒煮菜. 非菜也, 純以酒煮鯽魚也. 且云, "鯽, 稷所化, 以酒煮之, 甚有益."[250] 以魚名菜, 私竊疑之, 及觀趙與時[251]『賓退錄』所載, 靖州[252]風俗, 居喪不食肉, 惟以魚爲蔬, 湖北謂之魚菜. 杜陵[253]「白小」詩云, "細微沾水族, 風俗當園蔬." 始信魚即菜也. 趙好古博雅君子也, 宜乎先得其詳矣.

---

249) 파강鄱江: 지금의 장시성江西省 북부에 흐르는 강.

250) 즉鯽 이하 인용문: '즉鯽'이 '직稷'이 화한 동물이라고 생각하는 것은 아마도 각각의 한자독음이 비슷한 데서 유래된 듯하다. 한편 인용된 문장을 보면 '직稷'이 술의 재료가 되기 때문에, '직稷'이 변화한 '즉鯽'과 술의 음식 궁합이 좋다고 생각한 듯하다.

251) 조여시趙與時: 조여시(1172-1228)는 1226년에 진사에 급제하였으며 『빈퇴록賓退錄』 10권을 저술하였다.

252) 정주靖州: 지금의 정저우마오족통족자치현靖州苗族侗族自治縣.

253) 두릉杜陵: 두소릉杜少陵, 즉 두보.

下

山家清供

1. 밀지매화蜜漬梅花

매화 꽃잎에 백매육의 새콤한 향을 입힌 후 꿀에 절인 것.

1) 재료

- 백매육, 매화 꽃잎, 눈 녹은 물.

2) 조리법

① 백매육을 약간 깎아내어 눈 녹은 물에 담가둔다.

② ①에 매화 꽃잎을 넣어 하루 정도 둔다.

③ ②의 꽃잎을 꺼내 꿀에 절인다.

④ 술을 내놓을 때 ③을 곁들여 낸다.

3) 원문

양만리의 시에 "항아리에 눈 녹은 물 맑은데 봄추위 속에 술을 담그니, 꿀에 절인 매화 꽃잎이 이슬을 머금고 안주로 올랐네. 시구 안에 연기와 불의 기운이 전혀 없을지니, 또 다른 누구로 하여금 두소릉의 제단에 오르게 할까!"라 하였다. 백매육을 약간 깎아내어 눈 녹은 물에 담가 두었다가, 매화를 넣어 하루 숙성시킨다. 하룻밤 두었다가 끄집어내어 꿀에 절이면, 술에 곁들여 내놓을 수 있다. 눈 녹은 물로 차를 끓이는 것과 비교했을 때 풍미가 다르지 않다.

楊誠齋[1]詩云, "甕澄雪水釀春寒, 蜜點梅花帶露餐. 句里略無煙火氣, 更教誰上少陵[2]壇."[3] 剝白梅肉[4]少許, 浸雪水, 以梅花釀醞之. 露一宿, 取出, 蜜漬之, 可薦酒. 較之掃雪烹茶, 風味不殊也.

---

1) 양성재楊誠齋: 남송의 시인 양만리楊萬里이다.

2) 소릉少陵: 두보杜甫를 가리킨다.

3) 이 시 제목은 「밀지매화蜜漬梅花」이다.

4) 백매육白梅肉: 소금에 절였다가 말린 매실 과육. 『제민요술齊民要術』에 따르면 "매실의 씨가 막 생길 때에 따서, 밤에는 소금물에 재워두었다가 낮에는 햇볕에 말리는데, 열흘 동안 열 번 재우고 열 번 말리면 완성된다.(梅子核初成時摘取, 夜以鹽汁漬之, 晝則日曝, 凡作十宿十浸十曝便成)"라고 했다.

2. 지오공持螯供

집게발을 들고 맘껏 즐길 수 있게 대접하는 음식.

1) 재료

- 게, 식초, 미나리, 파.

2) 조리법

① 게는 큰 것으로 골라 배딱지가 위로 향하도록 삶는데, 살이 엉길 정도로 살짝 삶는다.

② 맑은 식초에 파와 미나리를 섞어 양념장으로 곁들인다.

3) 원문

게 중에 강에서 자라는 것은 노랗고 비리다. 호수에서 자라는 것은 감색이 나면서 향기가 난다. 계곡에서 나는 것은 푸르고 맑은 맛이 난다. 회수를 다니며 경사에 자주 쫓아다니느라 이 때문에 간혹 굶주리고 배를 채우지 못하기도 하였다. 다행히 겸재 전진조라는 이가 있었는데, 오로지 시문만을 지으며 살았는데, 오문에서부터 돌아온 상태였다. 가을에, 우연히 그를 방문하여 술잔을 들고 시문을 논하는데, 예전의 부지런함이 줄어들지 않았었다. 열흘 남짓 머물 때, 매일 새벽에 시장에서 게를 샀는데, 반드시 그중에서 큰 것으로 골라서 삶았다. 맑은 식초에 파와 미나리를 섞어둔다. 게의 배딱지가 위로 가도록 삶되 살이 엉길 때까지 잠시 두었다가 각자 한 마리씩 들고서 코가 삐뚤어지도록 먹고 크게 씹었나니, 호수와 바닷가에서 집게발과 술을 들고서 노니는 것과 무엇이 다르리오. 용속한 조리사들은 비난하면서 "문채가 나지 않는다."라고 말할 것이다. (그러나) 맛에 있어서는 본연의 것을 잃을까 걱정이나니, 이 사물의 풍미는 그저 오렌지와 식초면 그 간직하고 있는 맛을 발휘하기에 충분하다. 또한 말하길, "둥근 배받이가 살찌면, 뾰족한 배받이 집게발에 살이 찬다. 가을바람이 세지면 둥근 배받이가 커진다. 손으로 먹길 청하노니, 칼을 쓸 필요가 없다. 쑥으로 국을 끓이면 더욱 먹음직스럽다."라 하였다. 이 때문에 황정견의 시를 예증으로 들었는데, "배딱지는 온통 금 같은 외양에 옥 같은 자질을 갖추었고, 양쪽 집게발은 가을 강에 달 밝을 때가 최고구나."라 하였으니 진실로 시 속에서 증거를 보여주었다고 말할 수 있다. "손을 쓰고 칼을 쓰지 말라."한 데서 전겸재의 호방함이 더욱 잘 드러난다. 어떤 이가 말하길, "게에게 나쁜 것은 오로지 아침 안개뿐이다. 대나무 광주리에 채워놓고 식초로 뿜게 해서 (해감하면), 비록 천 리를 가더라도 잘못되는 법이 없다."고 했다. 그래서 이것을 기록해놓으니 게를 조리할 때 도움이 될 것이다. 기생충이 있으니 감과 함께 먹으면 안 된다.

蟹生於江者, 黃而腥. 生於湖[5]者, 紺而馨. 生於溪者, 蒼而淸. 越淮多趨京[6], 故或枵而不盈. 幸有錢君謙齋震祖[7], 惟硯存[8], 復歸於吳

---

5) 호湖: '하河'로 된 판본도 있으나 『사고전서四庫全書·설부說郛』에 따라 '호'로 두었다.

6) 월회다추경越淮多趨京: 이 구절의 정확한 의미를 파악하기는 어려우나, 임홍이 회수 주변을 다니며 남송의 수도인 항저우杭州로 분주히 다녔다는 의미로 풀었다.

7) 전군겸재진조錢君謙齋震祖: '군君'은 존칭이고, '겸재謙齋'는 자字나 호號, '진조震祖'는 이름일 것으로 생각된다. 겸재 전진조가 누구인지는 명확하지 않다. 다만, 그가 남송대 인물이며 교유했던 인물이 누구였는지를 파악

門[9]. 秋, 偶過之, 把酒論文, 猶不減乎昨之勤也. 留旬餘, 每旦市蟹, 必取其元烹. 以淸醋[10]雜以葱·芹[11]. 仰之以臍, 少候其凝, 人各擧其一, 痛飮大嚼, 何異乎柏手浮於湖海之濱[12]. 庸庖族丁[13]非曰, "不

할 수 있게 해주는 시가 있다. 남송의 시인인 진욱陳郁(1184-1275)은 장시성江西省 사람으로서, 「임가산이 예룡보를 위해 제작한 '매촌도' 뒤에 제하다題林可山爲倪龍輔所作梅村圖後」라는 시를 지었다. 여기에서 '매촌梅村'은 예룡보의 호이고 '가산可山'은 임홍의 호이다. 그런데 예룡보가 지은 시 중에 「전겸재의 새 집錢謙齋新居」이라는 칠언율시가 있다. 이 두 수의 시를 종합해서 생각해보면, 임홍은 예룡보와 교유하였고, 예룡보는 전겸재라는 사람과 교유하였으므로, 임홍이 본문에서 말한 전겸재와, 예룡보와 알고 지내던 전겸재가 동일 인물일 가능성이 높다. 또한 예룡보의 「전겸재의 새 집」 중 제1, 2구를 보면 "금을 안고 학을 태우고 또 경사로 갔나니, 은거하는 곳은 시골 같은데 도리어 도성에 가깝구나.(攜琴載鶴又如京, 隱處如村卻近城)"라 하였다. 이를 통해 예룡보가 교유하던 전겸재라는 인물이 당시의 경사[京]인 항저우 근처에서 거처하였음을 알 수 있다. 본문에서 임홍이 회수를 다니며 경사를 출입하면서 전겸재를 만났다고 언급하였으니 그의 거처 또한 일치한다. 요컨대 임홍-진욱-예룡보-전겸재라는 인물들은 서로 교유하고 있었을 가능성이 높다고 생각된다.

8) 유연존惟硯存: 오로지 벼루에 기대 살고 있다는 뜻이다.

9) 오문吳門: 춘추시대 오나라 땅이었던 쑤저우蘇州를 가리킨다.

10) 청초淸醋: '주酒·초醋'로 된 판본도 있다.

11) 이 구절에서 식초와 파, 미나리를 섞은 것은 게를 찐 후에 올려 먹을 양념을 만드는 과정으로 파악하였다.

12) 백수부어호해지빈柏手浮於湖海之濱: 의역하면, '호수와 바닷가에서 집게발과 술을 들고서 노닐다'라고 할 수 있다. 『진서晉書·필탁열전畢卓列傳』에 "술을 얻어 수백 곡을 실을 수 있는 크기의 배에 가득 채우고, 사시사철의 맛좋은 음식들을 배 양 머리에 두고서, 오른쪽으로는 술잔을 잡고 왼손으로는 집게발을 잡고서, 술 실은 배에서 노닐면, 한평생이 그것으로 족하리라!(得酒滿數百斛船, 四時甘味置兩頭, 右手持酒杯, 左手持蟹螯, 拍浮酒船中, 便足了一生矣)"라고 한 것을 가리킨다. 전고에 따라 본문의 '백柏'은 '박拍', 즉 '부유하다[박부拍浮]'로 푸는 것이 좋겠다.

13) 용포족정庸庖族丁: 용속한 조리사.

文."[14] 味恐失眞, 此物風韻也, 但橙醋自足以發揮其所蘊也. 且曰[15], "團臍[16]膏, 尖臍[17]螯[18]. 秋風高, 團者豪. 請擧手, 不必刀. 羹以蒿, 尤可饕." 因擧山谷詩云, "一腹金相玉質[19], 兩螯明月秋江[20]."[21] 眞可謂詩中之驗. "擧以手, 不必刀", 尤見錢君之豪也. 或曰, "蟹所惡, 惟朝霧. 實竹筐, 噀以醋, 雖千里, 無所誤." 因筆之, 爲蟹助. 有風蟲[22], 不可同柿食.[23]

---

14) 용포庯庖 이하의 구절: 이 부분은 판본별로 글자가 다르고 의미도 잘 통하지 않는다.

15) 맥락으로 보아 '차왈且曰'의 주체는 전겸재일 것이다.

16) 단제團臍: 둥근 배받이를 가진 암게를 가리킨다.

17) 첨제尖臍: 뾰족한 배받이를 가진 숫게를 말한다.

18) 오螯: '집게발'이라는 뜻인데 여기서는 맥락으로 볼 때 '집게발에 살이 차다'라는 뜻이라 생각된다.

19) 금상옥질金相玉質: 금 같은 외양에 옥 같은 자질을 갖추었다는 뜻으로서, 사람이나 문장의 겉과 속이 모두 빼어난 것을 뜻한다. 여기서는 게를 칭찬하는 말로 쓰였다.

20) 양오명월추강兩螯明月秋江: 이 구절 앞에서 '암게가 살찌면 숫게 집게발이 살찌고, 가을이면 암게가 살찐다'고 했으므로, 가을에 암게가 살찔 때 숫게의 집게발이 살찐다는 뜻이 된다. 양만리가 이 구절에서 가을에 집게발이 좋다고 한 것과 일맥상통한다.

21) 본문에서는 산곡山谷, 즉 황정견黃庭堅의 시라고 하였는데, 이 시는 양만리의 「술지게미에 절인 게糟蟹」이며, 인용된 부분은 제1수의 제3, 4구이다.

22) 풍충風蟲: 게에 기생하는 기생충.

23) 『본초강목本草綱目』에 따르면 게와 감을 함께 먹으면 설사를 일으킨다고 하였다.

3. 탕탄매湯綻梅

뜨거운 물 속에서 여름에 피어나는 매화.

1) 재료

- 매화, 밀랍, 꿀.

2) 조리법

① 음력 10월 후에 막 피려고 하는 매화 꽃망울을 대나무 칼로 딴다.

② ①을 밀랍에 넣다 뺐다 하여 밀랍을 묻힌 후 꿀단지에 담가둔다.

③ 여름에 뜨거운 물을 잔에 붓고 ②를 담그면 꽃이 피어나고 매화 향이 풍긴다.

3) 원문

10월 후에 막 피려고 하는 매화 꽃망울을 대나무 칼로 딴다. 밀랍에 위아래로 넣다 뺐다 하며 담근 후, 꿀단지에 넣어둔다. 여름에 뜨거운 물을 잔에 부어 그것을 담그면, 꽃이 곧바로 피어나는데 맑은 향기가 아낄 만하다.

十月後, 用竹刀取欲開梅蕊, 上下蘸[24]以蠟, 投蜜缶中. 夏月, 以熱湯就盞泡之, 花即綻, 澄香可愛也.

---

24) 잠蘸: 담그다.

4. 통신병通神餠

생강과 파를 넣어 튀겨서, 신명을 소통하게 해주는 병餠

1) 재료

- 생강, 파, 소금, 백당, 흰 밀가루, 참기름.

2) 조리법

① 생강은 얇게 저미고 파는 얇게 썰어 각각 소금물에 데쳐둔다.

② ①과 백당, 흰 밀가루를 섞어 반죽한다.

③ 참기름을 약간 두르고 튀긴다.

3) 원문

생강은 얇게 저미고 파는 가늘게 썰어 각각을 소금물에 데친다. 백당 및 흰 밀가루와 섞는데 너무 맵지 않게 한다. 참기름을 약간 넣어 튀기면 한기를 물리칠 수 있다. 주희 선생이 『논어주』에서 "생강은 신명을 소통하게 한다."라고 하였기에 이렇게 이름 짓는다.

薑薄切, 葱細切, 各以鹽湯焯. 和白糖[25]·白麵, 庶不太辣. 入香油[26]少許, 炸之, 能去寒氣. 朱晦翁[27]『論語注』云, "薑通神明."[28], 故名之.

---

25) 백당白糖: (상) 35. 옥관폐玉灌肺 주석 참조.

26) 향유香油: 참기름.

27) 주회옹朱晦翁: 주희朱熹.

5. 금반金飯[29)]

노란 국화를 넣은 밥.

1) 재료

- 황국, 쌀, 감초탕, 소금.

2) 조리법

① 자줏빛 줄기에 노란 꽃이 핀, 정품의 국화를 취한다.
② 감초탕에 소금 약간을 넣어 ①을 데쳐둔다.
③ 밥이 약간 익었을 때 ②를 넣어 함께 끓인다.

3) 원문

위손재가 말하길, "매화는 흰 것이 정품이요, 국화는 노란 것이 정품이나니, 이를 벗어나는 것들이라면 도연명과 임화정 두 공이 선택하지 않았을 것이다."라 하였다. 지금 세상에는 72종의 국화가 있지만, 『본초』에서 '지금에는 진짜 모란이 없어 지질 수가 없다'라고 말한 것과 같은 맥락이다. 만드는 방법은, 자줏빛 줄기에 노란 꽃이 핀, 정품의 국

---

28) 『논어論語 · 향당鄕黨』에서 "(공자는) 생강 먹는 것을 멈추지 않고, 과식하지 않으셨다.(不撤薑食, 不多食)"라 하였고, 여기에 주희가 "생강은 신명을 소통하게 하고, 더럽고 악한 기운을 제거한다.(薑通神明, 去穢惡)"라고 주석을 달았다.

29) '반飯'이 '병餠'으로 된 판본도 있다.

화를 취하여 감초탕에 약간의 소금을 넣어 데친다. 밥이 약간 익었을 때 그것을 넣어 함께 끓인다. 오래 복용하면 시력을 좋게 하고 수명을 연장할 수 있다. 만약 남양의 감곡수로 그것을 끓일 수 있다면 더욱 좋다. 예전에 국화를 사랑한 사람 중에서 초나라의 굴평과 동진東晉의 도잠만한 이가 없을 것이다. 그러나 지금 국화를 사랑하는 이 중에 석간 유원무 같은 이가 있는 줄 누가 알겠는가. 한 번 다니고 한 번 앉는 일상생활 속에서라도 국화를 곁에 두지 않은 적이 없다. 「책을 펼치다가 국화 꽃잎을 얻다」 시에서 "어느 해 서리 내린 뒤의 노란 꽃잎일까, 색은 좀먹었어도 여전히 옛 시집 사이에 있네. 일찍이 오가며 국화 울타리 아래서 읽을 때, 한 가지에 핀 꽃이 바람에 날려서 들어갔나 보다."라 하였다. 이 시로 볼 때 그는 국화를 사랑했을 뿐만 아니라, 그 사람됨이 맑고 강직함을 알 수 있다.

危巽齋[30]云, "梅以白爲正, 菊以黃爲正[31], 過此, 恐淵明·和靖二

30) 위손재危巽齋: 남송대 문인인 위진危稹(1158-1234). 그는 지금의 장시성江西省 푸저우撫州 출신으로서, 자字가 봉길逢吉, 자호가 손재巽齋, 혹은 여당驪塘이다. 장주지주漳州知州로 있을 때에 용강서원龍江書院을 설립하여 직접 강학했다고 한다.

31) 국이황위정菊以黃爲正: 근거를 찾기 어렵다. 다만, 소식蘇軾의 시 「주손지에게 드리다贈朱遜之」의 인引에서 "원우 6년(1091) 9월에, 주손지와 함께 영주에서 회의를 하였다. 어떤 이가 '낙양 사람들은 꽃 접붙이기를 잘하여 해마다 새로운 품종의 가지가 나와서 국화의 품종이 더욱 많아졌다'고 말하였다. 주손지가 말하길, '국화는 응당 노란 것이 정품이며, 나머지는 비루하다 할 만하다.'라고 하였다.(元祐六年九月, 與朱遜之會議於潁. 或言洛人善接花, 歲出新枝, 而菊品尤多. 遜之曰, 菊當以黃爲正, 餘可鄙也)"라는 일화를 확인할 수 있다. 접붙이기 등을 통해 국화와 모란의 새로운 품종을 만들었지만, 꽃에 대해 엄격한 시각을 가진 사람들에게 있어서는 이런 꽃들은 변종에 불과하리라는 맥락으로 이해하면 될 것이다.

公不取.” 今世有七十二種菊, 正如『本草』所謂‘今無眞牡丹, 不可煎者’[32). 法, 采紫莖黃色正菊英, 以甘草湯和鹽少許焯過. 候飯少熟, 投之同煮. 久食, 可以明目延年. 苟得南陽甘谷水[33)煎之, 尤佳也. 昔之愛菊者, 莫如楚屈平·晉陶潛. 然孰知今之愛者, 有石澗元茂[34)焉, 雖

---

32) 금무진목단, 불가전자今無眞牡丹, 不可煎者: 어느 『본초』에 나오는 내용인지 알 수 없다. 『식료본초食療本草』, 『증류본초證類本草』, 『신수본초新修本草』에는 확실히 나오지 않는다. 다만, 모란을 지져 먹는 것과 관련해서는 다음과 같은 내용을 참고할 수 있다. 소식蘇軾의 시 「빗속에 명경사에서 모란을 완상하다雨中明慶賞牡丹」를 보면 “그러니 응당 차마 꽃으로 ‘수전’을 만들지는 못하리라.(故應未忍煮酥煎)”라고 하였다. 수전酥煎은 어떤 재료를 바삭바삭하게 지지는 조리 방식, 혹은 전분을 묻혀 지지다가 탕을 붓고 자작하게 졸여내는 조리 방식, 혹은 ‘연유로 만든 기름’인 수유酥油를 사용해 지져내는 방식으로 번역할 수 있는데 이 시의 맥락으로 볼 때, 수유를 사용해 지지는 것을 의미하는 듯하다. 이 시구의 주석에서 “후촉 때, 병부상서 이령이 해마다 봄이면 모란꽃 몇 가지를 벗들에게 나누어주면서, ‘흥평수’를 함께 증정하였다. 아울러 말하길, ‘꽃이 시들기를 기다렸다가, 곧바로 수유로 지져 드셔서, 농염한 그 향을 버리지 마시오.’라고 했다.(孟蜀時, 兵部尚書李靈, 每春時將牡丹花數枝分遺朋友, 以興平酥同贈. 且曰, ‘俟花凋謝, 即以酥煎食之, 無棄濃艷也.’)”라고 하였다고 한다. 이로 볼 때 옛 사람들은 모란을 감상하다가, 꽃잎이 시들면 연유로 지져서 먹었음을 알 수 있다.

33) 남양감곡수南陽甘谷水: 남양의 역현酈縣(지금의 허난성河南省 난양시南陽市)에 흐르는, 단맛이 나는 계곡물. 『풍속통風俗通』에 따르면, “남양의 역현에 감곡이 있는데 계곡물이 향기롭고 맛이 좋다. 상류 쪽에서 큰 국화가 물에 떨어지는데, 산으로부터 흘러내려 가면서 그 국화의 진액이 배 나왔기 때문이다. 계곡에 사는 20가구가 이 물을 마셨는데, 가장 오래 산 사람은 120에서 130살을, 중간쯤 산 사람은 백 여 살을 살았기에, 7, 80세 되는 이는 ‘어리다’라고 칭해졌다.(南陽酈縣有甘谷, 谷中水香美. 其上有大菊落水, 從山流下, 得其滋液. 谷中二十家仰飮此水, 上壽百二三十, 中壽百餘歲, 七十八十則謂之夭)”라 하였다.

34) 석간원무石澗元茂: 송대의 시인인 유원무劉元茂이다. 석간石澗은 그의 호라고 여겨진다.

一行一坐, 未嘗不在於菊. 「翻帙得菊葉」詩云, “何年霜後黃花葉, 色蠹猶存舊卷詩. 曾是往來籬下讀, 一枝閒弄被風吹.” 觀此詩, 不惟知其愛菊, 其爲人淸介可知矣.

6. 석자갱石子羹

돌국.

1) 재료

• 계곡에서 구한 돌, 샘물.

2) 조리법

① 계곡물이 맑은 곳에서 희고 작은 돌이나 이끼를 두르고 있는 돌 1~20 알을 채취한다.

② 샘물을 길어다 ①을 끓인다.

3) 원문

계곡물이 맑은 곳에서 희고 작은 돌이나 이끼를 두르고 있는 돌 1~20 알을 주워서 샘물을 길어다 끓이면 맛이 고동보다 달고 은연중에 돌의 기운까지 얻을 수 있다. 이 방법은 오계고에게서 얻은 것인데, 그가 또 말하길, "하늘과 통하는 신선이 되려고 돌을 끓이라는 것이 아니지만, 그 의도가 매우 맑다."라 하였다.

溪流淸處取白小石子, 或帶蘚衣者一二十枚, 汲泉煮之, 味甘於螺, 隱然有泉石之氣. 此法得之吳季高[35], 且曰, "固非通霄[36]煮食之石,

35) 오계고吳季高: 누구인지 알기 어렵다. 남송의 문인인 엄우嚴羽가 「손님들 속에서 오계고 표숙과 이별하며客中別表叔吳季高」라는 시를 지었는데, 동

然其意則甚淸矣."

일 인물이 맞다면 오계고는 엄우의 표숙일 수도 있겠다.

36) 통소通霄: 여기서는 '하늘과 통하여 신선이 되는 것'으로 풀었다.

7. 매죽梅粥

떨어진 매화를 넣은, 향기로운 죽.

1) 재료

- 매화 꽃잎, 눈 녹은 물, 상등품 백미.

2) 조리법

① 떨어진 매화꽃을 쓸어서, 깨끗이 씻어 둔다.

② 눈 녹은 물과 상등품 백미로 죽을 끓인다.

③ ②가 익으면 ①의 꽃잎을 넣어 함께 끓인다.

3) 원문

떨어진 매화꽃을 쓸어서, 골라서 깨끗이 씻어둔다. 눈 녹은 물과 상등품 백미로 죽을 끓인다. 죽이 익었을 때 꽃잎을 넣어 함께 끓인다. 양성재의 시에 "납월 후에라야 겨우 보고서 넉넉한 봄을 얻은 듯하였건만, 바람 앞에서 눈처럼 나부끼는 것을 근심스럽게 바라보네. 꽃술을 벗겨 내고 거두어서 장차 죽을 끓여 먹으면, 떨어진 꽃이라도 여전히 좋아서 향을 사르는 것과 맞먹는다네."라 하였다.

掃落梅英, 揀淨洗之, 用雪水同上白米煮粥. 候熟, 入英同煮. 楊誠齋詩曰, "才看臘後得春饒, 愁見風前作雪飄. 脫蕊收將熬粥吃, 落英仍好當香燒."[37]

37) 남송대 시인 성재誠齋 양만리楊萬里가 지은 「떨어진 매화를 보고 탄식하다落梅有歎」이다.

8. 산가삼취山家三脆

아삭아삭하게 무친 세 가지 채소.

1) 재료

- 여린 죽순, 어린 버섯, 구기자 싹, 소금, 향숙유, 후추, 소금, 간장, 식초.

2) 조리법

① 여린 죽순, 어린 버섯, 구기자 싹을 소금물에 넣어 데친다.

② 향숙유, 후추, 소금을 약간씩 넣고, 간장과 식초 몇 방울과 함께 무친다.

③ ②를 국수와 함께 곁들여 먹어도 된다.

3) 원문

여린 죽순, 어린 버섯, 구기자 싹을 소금물에 넣어 데친 후, 향숙유, 후추, 소금을 약간씩 넣고, 간장과 식초 몇 방울과 함께 무쳐서 먹는다. 죽계 조밀부는 이 음식을 몹시 좋아하여, 어떤 때에는 탕병으로 만들어 어버이께 드리기도 하였는데, 이를 '삼취면'이라 이름 하였다. 일찍이 시를 썼는데, "죽순과 버섯이 막 싹 틀 때 구기자도 여린 것으로 따서, 소나무를 때서 몸소 끓여 어버이께 대접하네. 인간 세상의 좋은 음식에 비루함이 따로 있었던가, 마땅히 산림의 맛도 달다고 하리라."라 했다. '심蕈'은 '고菰'라고도 이름한다.

嫩筍·小蕈·枸杞頭, 入鹽湯焯熟, 同香熟油[38]·胡椒·鹽各少許,

38) 향숙유香熟油: 숙유熟油는 열을 가한 기름을 말한다. 원재료를 익힌 다음

醬油·滴醋伴食. 趙竹溪密夫[39]酷嗜此, 或作湯餠[40]以奉親, 名'三脆麵'. 嘗有詩云, "筍蕈初萌杞采纖, 燃松自煮供親嚴. 人間玉食何曾鄙, 自是山林滋味甜."[41] 蕈[42]亦名菰[43].

에 짠 기름을 숙유라고 칭하는 경우도 있다. 향숙유는 기름에 다른 재료를 보태 가열하여 향을 입힌 기름을 일컫는 듯하다.

39) 조죽계밀부趙竹溪密夫: 남송의 문인인 죽계竹溪 조밀부趙密夫이다. 그는 송 태조 조광윤趙匡胤의 넷째 동생인, 조정미趙廷美(947-984)의 8세손이다.

40) 탕병湯餠: 보통 밀가루 등으로 반죽을 하여 만든 국수를 가리킨다.

41) 조밀부의 「삼취면三脆麵」 시이다.

42) 심蕈: 버섯.

43) 고菰: 버섯.

9. 옥정반玉井飯

연근과 연자를 얹어 지은 밥

1) 재료

• 연근, 연자, 쌀.

2) 조리법

① 연하고 흰 연근의 껍질을 깎아 덩어리로 썰어둔다.

② 햇연자는 껍질과 심지를 제거한다.

③ 밥이 조금 끓어오를 때 ①과 ②를 얹은 후, 뜸을 들인다.

3) 원문

장감이 정무를 맡고 있을 때, 비록 지위가 높았지만 손님 초대하는 것을 여전히 좋아하였다. 다만 그 후에는 음식을 시장에서 사오지 못하는 일이 많았으니, 하인들이 그의 위세를 등에 업고 백성들을 괴롭힐 수 있어서였다. 하루는 그를 만나러 갔는데, 마침 쓸데없이 기웃거리는 인물들이 출입하지 못하는 곳이 있었다. 머무르며 저녁에 몇 잔을 마실 때, (장감이) 좌우에 '옥정반'을 만들어 오라고 명하였는데 (먹어보니) 매우 맛이 좋았다. 그 만드는 방법은, 연하고 흰 연근의 껍질을 깎아 덩어리로 썰고, 햇연자를 채취하여 껍질과 심지를 제거한 후, 밥이 조금 끓어오를 때 거기에 그것들을 넣어 '암반'하는 방법처럼 하면 된다. 아마도 "태화봉 꼭대기에 있는 옥정의 연꽃, 꽃이 피면 열 길이고 연뿌리는 배와 같다지."라고 한 데서 이름을 취한 것이리라. 옛날에 「연」 시에서 "한 굽이는 서시의 팔뚝 같고, 일곱 개 구멍은 비간의 심장 같구나."라 하였다. 지금 수도 항주의 범언에서는 '칠성우'를 내놓는데 큰 구멍이 7개, 작은 구멍이 2개로서 과연 9개 구멍이 있다. 이 때문에 붓을 들어 이 이야기를 언급해둔다.

章雪齋鑒[44]宰德澤時, 雖槐古馬高, 猶喜延客. 然後食多不取諸市, 恐旁緣[45]擾人. 一日, 往訪之, 適有蝗不入境之處. 留以晩酌數杯, 命左右造玉井飯, 甚香美. 其法, 削嫩白藕作塊, 采新蓮子去皮心[46], 候飯少沸, 投之, 如盦飯法[47]. 蓋取"太華峰頭玉井[48]蓮, 開花十丈藕如船"[49]之句. 昔有「藕詩」云, "一彎西子臂, 七竅[50]比干[51]心."[52] 今杭都范堰[53]經進七星藕, 大孔七·小孔二, 果有九竅. 因筆及之.

---

44) 장설재감章雪齋鑒: 남송의 재상이었던 장감章鑒(1214-1294)이다. 청렴한 관직 생활, 엄정한 정무 처리로 칭송받았다고 한다.

45) 방연旁緣: 빙자하다.

46) 연자거피심蓮子去皮心: 연자의 심지를 제거하지 않으면 쓴맛이 난다.

47) 암반盦飯: (상) 9. 반도반蟠桃飯의 주석 참조.

48) 옥정玉井: 화산華山 꼭대기에 있다는 연못의 이름이다. 이곳에 천엽연화千葉蓮花가 자라는데 이것을 먹으면 신선이 될 수 있다고 한다.

49) 한유韓愈의 「예스런 생각古意」 시 중 일부이다.

50) 칠규七竅: '아홉 개 구멍[九竅]'으로 된 판본도 있다.

51) 칠규비간七竅比干: 상商의 주왕紂王에게 비간이 충간하자, 주왕이 대노하여 "성인의 심장에는 7개의 구멍이 있다며?"라고 그를 죽여 심장을 꺼내 보았다고 한다.

52) 이 구절의 출처는 찾지 못하였다.

53) 범언范堰: 범려가 쌓았다고 하는 제방. 항저우杭州에 있다고 한다.

10. 동정의洞庭饐[54]

연잎 및 귤잎 즙으로 반죽한 쌀가루로 빚어 귤잎에 싸서 찐 음식.

1) 재료

• 연잎, 귤 이파리, 꿀, 쌀가루.

2) 조리법

① 연잎과 귤 이파리를 찧고 걸러서 즙을 낸다.

② ①을 쌀가루, 꿀과 함께 반죽하여 '의'를 만든다.

③ ②를 하나하나 귤 이파리로 싸서 쪄낸다.

3) 원문

예전에 동가에 갔을 때, 수심 선생이 베푼 자리로 마침 정거사의 승려가 '의'를 보내왔다. 크기가 소전만하고 하나하나가 귤 이파리로 싸여 있는데 청량한 향기가 짙어서 마치 동정산 곁에 있는 것만 같았다. 수심 선생이 시에서 "온 숲에 서리 내려 (귤) 익을 때까지 기다릴 필요 없나니, 쪄서 오기만 하면 곧바로 동정귤의 향기 풍긴다네."라 하였다. 이 때문에 승려에게 만드는 방법을 물으니, "연잎을 따서 귤 이파리와 함께 찧어서 즙을 내고, 꿀과 쌀가루를 섞어 '의'를 만든 후, 각각을 귤 이파리

54) 의饐: 원래 '음식이 쉬다'라는 뜻이지만, 여기서는 쌀가루와 즙을 섞어 반죽한 후 모양을 낸 음식 종류를 가리키는 것으로 생각된다.

로 싸서 쪄냅니다."라고 하였다. 시장에도 파는 곳이 있긴 하다. 다만 맛의 차이가 매우 클 따름이다.

舊遊東嘉[55]時, 在水心先生[56]席上, 適淨居[57]僧送'饐'至, 如小錢[58]大, 各和以橘葉, 淸香靄然, 如在洞庭[59]左右. 先生詩曰, "不待滿林霜後熟, 蒸來便作洞庭香."[60] 因詢寺僧, 曰, "采蓮[61]與橘葉搗之, 加蜜和米粉作饐, 各合以葉蒸之." 市亦有賣, 特差多耳.

---

55) 동가東嘉: 지금의 저장성浙江省 원저우溫州의 한 지역.

56) 수심선생水心先生: 송대의 문학가인 섭적葉適(1150-1223)이다. 그의 고향이 저장성 원저우이다.

57) 정거淨居: 사찰의 이름이지만, 여러 지역에 있는 사찰이라 어디인지 확정하지 못하겠다.

58) 소전小錢: 송대에 사용되었던 일문一文 짜리 동전인 '소전'을 가리키는 것으로 보인다. 당시 소전의 직경이 약 2.5㎝ 정도이었으므로, 정거사 승려가 보내온 '의'는 한입에 넣기 좋은 크기였을 것이다.

59) 동정洞庭: 장쑤성江蘇省과 저장성浙江省의 접경 지역에 위치한 태호太湖의 동정산洞庭山을 가리킨다. 이 지역에서 맛좋은 감귤이 생산되는데 이것을 흔히 동정귤洞庭橘, 혹은 동정추洞庭秋라고 부른다.

60) 이 시는 단 두 구절만이 남아 전해지고 있으며, "부대귀래상향숙不待歸來霜後熟, 증래변작동정향蒸來便作洞庭香."이라는 판본도 있다.

61) 연의 어느 부분을 사용했는지 알기 어렵다. 연잎, 연자, 연근, 연꽃 중 어느 것인지 확정하기 어려웠다. 다만, 이 책의 다른 판본에서 '연蓮'을 '쑥[봉蓬]'이라고 둔 경우가 있었는데, 쑥과 가장 유사한 성질을 낼 수 있는 재료를 생각해볼 때, 연잎이 사용되었을 가능성이 높다. 또한 즙을 내어 쌀가루와 반죽해야 하는 점을 종합적으로 고려했을 때 '연잎'일 가능성이 가장 높다고 판단하고 '연잎'으로 풀었다.

11. 도미죽茶蘼粥(부록-목향채附木香菜)

도미화 꽃잎을 넣은 죽, 그리고 목향의 여린 잎 무침

1) 재료

❀ 도미죽

• 도미꽃잎, 감초탕, 죽.

❀ 목향 이파리 무침

• 목향 이파리, 소금, 기름.

2) 조리법

❀ 도미죽

① 도미꽃잎을 따서 감초탕에 데쳐둔다.

② 죽이 익을 때쯤 ①을 함께 넣어 끓인다.

❀ 목향 이파리 무침

① 목향의 여린 이파리를 데친다.

② ①을 소금과 기름으로 버무린다.

3) 원문

조동암의 아들인 암운 조관부가 손님에게 부친 시들을 예전에 받은 적이 있었는데, 그 중 시 한 수에서 "좋은 봄 삼분의 일을 헛되이 보냈더니, 시렁에 가득 도미화가 차례로 피어나네. 날 보러 손님이 오셨건만

차릴 만한 것이 없어, 비 맞은 몇 가지를 잘라서 가지고 오네."라 하였다. 처음에는 '(도미화는) 먹을 수 있는 것이 아니다'라고 말했다. 하루는 영취에 갔다가 평주의 승려 덕수를 방문하였다가, 낮에 머무르며 죽을 먹는데 매우 맛이 좋았다. 물어보니 '도미화'라 하였다. 만드는 방법은, 꽃잎을 따서 감초탕에 데쳐두었다가 죽이 익을 때쯤 함께 넣어 끓이는 것이다.

또, 목향의 여린 이파리는 그대로 데쳐서, 소금과 기름으로 버무려 먹었다. 승려는 고심하여 시를 읊는 것을 즐기니, 이 맛의 청정함을 아는 것이 합당하다. 이로써 조관부의 시에 잘못이 없다는 것을 알게 되었다.

舊辱[62]趙東巖[63]子巖雲瓚夫[64]寄客詩, 中款有一詩云, "好春虛度三之一, 滿架荼蘼取次開.[65] 有客相看無可設, 數枝帶雨剪將來."[66] 始謂非可食者. 一日適靈鷲[67], 訪僧蘋洲[68]德修, 午留粥, 甚香美. 詢之, 乃荼蘼花也. 其法, 采花片, 用甘草湯焯, 候粥熟同煮. 又, 采木

62) 욕辱: '받다'라는 말을 겸허하게 표현한 것이다.

63) 조동암趙東巖: 누구인지 명확하지 않다.

64) 조관부趙瓚夫: '관瓚'이 '찬攢'으로 된 판본도 있다. 그의 호가 암운巖雲이다. 송나라의 종친으로서, 남송 이종理宗 보경寶慶 2년(1226)에 진사에 급제하고 남검주南劍州(지금의 푸젠성福建省 북부 지역)의 지주知州를 맡은 기록이 있다.

65) 봄에 피는 꽃 중에서 도미화가 가장 마지막에 피기 때문에 일반적으로 도미화가 진다는 것은 봄이 끝나는 것을 의미한다.

66) 이 시의 제목은 「임홍에게 부치다寄林可山」라고 알려져 있다. 다만, 본문의 맥락으로 볼 때 조관부가 타인에게 부친 시를 임홍이 받아서 읽게 된 것일 수도 있다고 생각된다.

67) 영취靈鷲: 산의 이름, 혹은 절의 이름이라 여겨지는데 중국 각지에 있기 때문에 어디인지 확정하기 어렵다.

68) 평주蘋洲: 지금 후난성湖南省의 한 지역.

香[69]嫩葉, 就元焯, 以鹽·油拌爲菜茹. 僧苦嗜吟, 宜乎知此味之淸切. 知巖雲之詩不誣[70]也.

---

69) 목향木香: 약재 중 하나. 보통 뿌리를 사용한다.

70) 시불무詩不誣: 시에는 틀린 부분이 없다. 임홍은 조관부의 시를 처음 보았을 때, 도미화는 먹을 수 없는 것인데 손님이 왔을 때 왜 도미화를 잘랐는지 이해하지 못하였다. 그러나 승려 덕수가 끓인 도미화 죽을 먹고 나서야 조관부의 시가 사실을 담고 있음을 알게 됐기에 '시에는 틀린 부분이 없다'라고 한 것이다.

12. 봉고蓬糕

백봉초로 만든 중국식 떡.

1) 재료

봉고

• 여린 백봉초, 쌀가루, 당.

봉반

• 쑥, 밀가루, 밥.

2) 조리법

봉고

① 여린 백봉초를 캐서, 끓여서 익힌 후 잘게 찧어둔다.

② ①을 쌀가루와 섞어서 당을 첨가하여 찌되, 향기로 익은 정도를 가늠한다.

봉반

① 쑥을 밀가루에 버무려놓는다.

② 밥이 끓을 때를 기다렸다가 ①을 넣고 익힌다.

3) 원문

여린 백봉초를 캐서, 끓여서 익힌 후 잘게 찧어둔다. 쌀가루와 섞어서 당을 첨가하여 찌는데, 향기로 익은 정도를 가늠한다. 세상의 부귀한 자들은 그저 녹용과 종유가 중한 줄 알지 이것을 먹었을 때 크게 이로운 점이 있다는 것을 알지 못한다. 산에서 나는 재료라고 그것을 깔본 것 때문이 아니겠는가! 민 지역에 '초피'라는 것이 있다. 그 밥 짓는 법은 다음과 같은데, 밥이 끓을 때를 기다렸다가 쑥을 밀가루에 버무려놓은 것을 넣고 끓이기에 '봉반'이라고 이름한다.

采白蓬[71]嫩者, 熟煮, 細搗. 和米粉, 加以糖, 蒸熟, 以香爲度. 世之貴介, 但知鹿茸·鍾乳[72]爲重, 而不知食此大有補益. 詎不以山食而鄙之哉! 閩中有草稗. 又飯法, 候飯沸, 以蓬[73]拌麵煮, 名蓬飯.

---

71) 백봉白蓬: 당송초唐松草라고도 하는데, 보통 뿌리와 줄기를 약용으로 사용한다. 우리나라에서는 '꿩의다리'라고 부른다.

72) 종유鍾乳: 종유석. 아관석鵝管石이라고도 부른다. 『여지기輿地記』에 따르면 "태호 소산의 동정혈에 아관종유가 있다.(太湖小山洞庭穴中有鵝管鍾乳)"라고 하였다. 기혈을 보충하고 폐 기능을 강화하는 약재로 쓰였기 때문에 『도경본초圖經本草』와 『본초강목本草綱目』 등에도 기재되어 있다.

73) 봉蓬: 여기서는 '백봉白蓬'이 아니라 '봉'이라고만 되어 있기 때문에 '쑥'으로 번역하였다.

13. 앵도전櫻桃煎[74]

앵두를 끓여, 틀에 찍어낸 새콤달콤한 음식.

1) 재료

- 앵두, 백당, 매수.

2) 조리법

① 앵두를 물에 담가서 벌레를 제거해 깨끗이 장만해둔다.

② '매수'에 ①을 넣고 끓인다.

③ ②에서 앵두의 씨를 발라내고 찧어둔다.

④ 모양틀로 ③을 찍어낸다.

⑤ 마지막으로 ④위에 백당을 첨가한다.

3) 원문

앵두가 비를 맞으면 벌레가 안에서 생겨나는데 사람은 그것을 볼 수 없다. 물 한 그릇에다 앵두를 담가놓고 오래 두면 벌레가 스멀스멀 기어

---

74) 전煎: 원래 '지지다'라는 뜻이다. 그러나 본문을 보면 '앵도전'은 기름에 지진 음식이 아니다. 여기서의 '전煎'은 '밀전蜜餞'의 '전餞'으로 볼 수 있을 듯하다. '밀전'은 과일을 꿀에 담그거나 꿀로 졸여서 보존성을 높이고, 각양각색의 모양을 내어 만드는 음식이다. 소식蘇軾이 「노도부老饕賦」에서 "푹 끓인 앵두 알로 만든 밀전.(爛櫻珠之煎蜜)"이라고 하였는데 이것이 앵도전과 비슷한 음식일 것으로 생각된다.

나오는데, 그러고 나면 먹을 수 있다. 양성재가 시에서 "누가 멋진 솜씨를 부려서, 만 개의 알맹이를 찧어서 무르게 만들었을까. 틀에 찍어 화전처럼 얇게 만들고, 물들여서 자주빛 얼음 덩어리같이 만드네. 북방에 과일이 적지 않지만, 이 맛이 특히 좋구나."라 하였다. 요약해보자면, 그 방법은 '매수'에 (앵두를) 넣고 끓여서 씨를 발라내고 찧어서, 틀에 찍어 병 모양으로 만든 후 백당을 첨가하면 되는 것에 불과하다.

櫻桃經雨, 則蟲自內生, 人莫之見. 用水一碗浸之, 良久, 其蟲皆蟄蟄而出, 乃可食也. 楊誠齋詩云, "何人弄好手, 萬顆搗塵脆. 印[75]成花鈿[76]薄, 染作冰澌[77]紫. 北果非不多, 此味良獨美."[78] 要之, 其法不過煮以梅水[79], 去核, 搗, 印爲餅, 而加[80]以白糖[81]耳.

---

75) 인印: 원래는 '도장을 찍다'라는 뜻이지만 문맥으로 보아 틀에 넣고 찍어내는 것으로 생각된다.

76) 화전花鈿: 옛날 여인들의 이마 장식. 머리 장식이라는 뜻도 있지만 틀에 찍어 무늬를 낸 앵도전의 형태를 생각해볼 때 이마 장식으로 보는 것이 나을 듯하다.

77) 빙시冰澌: 얼음 덩어리.

78) 양만리의 「앵도전櫻桃煎」 중 제5구부터 마지막까지 인용되어 있다.

79) 매수梅水: 매화가 필 때 내린 빗물을 모아놓은 것, 혹은 매실즙처럼 매실로 만든 액체, 장맛비[매우梅雨]로 번역할 수 있다. 장맛비는 술이나 식초 등, 음식을 만들 때 쓰지 않는 것이 좋다고 하기 때문에 앞의 두 가지가 이 음식에 활용될 수 있다고 생각된다. 다만 매실즙으로 끓이게 될 경우, 산미가 보태지므로 앵두 과육을 엉기게 만드는 데에 더 유리할 것이다.

80) 가加: 추가하다. 앵두를 틀로 찍어내 모양을 낸 후, 백당을 어떤 방식으로 추가했는지는 단언하기 어렵다. 시럽 형태로 만들어 위에 바르거나, 혹은 가루 형태로 뿌렸을 것이라 생각한다.

81) 백당白糖: (상) 35. 옥관폐玉灌肺 주석 참조.

14. 여제채如薺菜

냉이처럼 달콤한, 생씀바귀 무침.

1) 재료

- 씀바귀, 장, 소금, 생강.

2) 조리법

❀ 씀바귀 무침

① 생 씀바귀에 소금과 장만 넣고 무친다.

❀ 씀바귀 국

① 채소국을 끓이는 것처럼 하되, 씀바귀에 소금과 생강만 넣으면 된다.

3) 원문

유이 학사가 연회에 참석하게 되면 반드시 주인에게 씀바귀를 내놓도록 했다. 무양공 적청 장군이 변방을 지킬 때, 변방에서는 (음식 등을) 때에 맞추어 마련해놓기가 어려웠다. 하루는 연회에서 유이 학사와 위국공 한기가 마주 앉았는데, 어쩌다가 이 음식이 차려지지 않자, (유이는) 적청의 신분이 '경졸'에 불과하다며 꾸짖었다. 적청은 얼굴색 하나 바뀌지 않고, 여전히 '선생님'이라고 그를 부르니, 한기는 적청이 진실로 장상이 될 그릇임을 알게 됐다. 『시』에 "누가 씀바귀를 쓰다고 하였나?"라 하였는데, 유이는 가히 '씀바귀를 냉이처럼 달게 여긴 사람'이라 하겠다. 그 만드는 방법은 소금과 장만으로 생채소를 무치는 것이다. 그런데 국을 끓이려거든 생강과 소금만 보태면 된다. 『예기』에 "초여름에는 씀바귀에 꽃이 피네."라고 하였다. 『본초』에서는 "'도'라고도 하는데 마음을 안정시키고 기운을 나게 한다."라고 하였고, 도은거는 "밤에 마시게 되면 잠을 자지 못할 수도 있다."라고 하였다. 교·광 지역에 품종이 다양하다.

劉彝[82]學士宴集間, 必欲主人設苦蕒[83]. 狄武襄公靑[84]帥邊時, 邊郡難以時置. 一日集, 彝與韓魏公[85]對坐, 偶此菜不設, 罵狄分至[86]黥卒[87]. 狄聲色不動, 仍以先生呼之, 魏公知狄公眞將相器也[88]. 『詩』

82) 유이劉彝(1017-1086): 송대의 문인이며 푸젠福建 출신이다.

83) 고매苦蕒: 고채苦菜, 즉 씀바귀를 가리킨다.

84) 적무양공청狄武襄公靑: 무양공이라는 시호를 받았던 적청(1008-1057). 송대의 전설적인 장군이다.

85) 한위공韓魏公: 북송의 문인이자 장군인 한기韓琦(1008-1075)이다. 그는 후에 위국공魏國公에 봉해졌다.

86) 분지分至: '신분이~에 이르다'라고 풀이하였다. 『담원談苑』에 다음과 같은 기록이 있다. 유이가 포의로서 적청의 군연에 참석하게 되었는데, 술자리에서 누군가가 "광대가 유자儒子를 가지고서 희롱할 것이다."라고 하였다. 유이는 '적청이 포의인 자신을 염두에 두고 희롱하기 위해 광대에게 그러한 일을 하게끔 한 줄'로 오해하였다. 대노한 유이는 "얼굴에 글자를 새긴 병졸 주제에 감히 이런 짓을 하느냐!(黥卒敢爾)"고 적청을 쉼 없이 꾸짖었다. 그러나 적청은 얼굴색 하나 변하지 않았고, 심지어 다음날에는 유이를 배웅하기까지 했다고 한다. 이 일화와 연관지어 볼 때 '적분지경졸狄分至黥卒'의 의미가 '경졸감이黥卒敢爾'와 유사할 것이라 생각된다.

87) 경졸黥卒: 얼굴에 글자가 새겨진 병사. 변방에 주둔하는 병사의 경우 얼굴에 글자를 새겨 넣어 도망가지 못하도록 했기 때문에 '경졸'이라 불렀다. 이들 중에는 묵형墨刑을 받은 죄수 출신도 있었다고 한다. 정확한 이유는 알기 어렵지만 적청 역시 얼굴에 글자가 새겨져 있었다.

88) 적공진장상기狄公眞將相器: 한기가 이러한 생각을 한 것인지 근거가 명확

云, "誰謂荼苦?"[89] 劉可謂'甘之如薺'者. 其法, 用鹽·醬獨拌生菜. 然, 作羹則加之薑·鹽而已. 『禮記』, "孟夏, 苦菜秀." 『本草』, "一名荼, 安心益氣."[90] 隱居, "作屑飮, 可不寐."[91] 今交·廣[92]多種也.

하지 않다. 『송사宋史』 등을 참고해볼 때 적청의 진가를 높이 평가하였던 것은 한기가 아니라, 범중엄范仲淹이었다.

89) 『시경·패풍邶風·곡풍谷風』에서 "누가 씀바귀를 쓰다고 하였나? 달기가 냉이와도 같은데.(誰謂荼苦, 其甘如薺)"라고 하였다.

90) 『증류본초證類本草·고채苦菜』에서 "오래 복용하면 마음을 안정시키고 기운을 내려준다. ……일명 '도초'라고도 한다.(久服安心益氣……一名荼草)"라고 하였다.

91) 『증류본초證類本草』에서 도은거陶隐居의 말을 인용하였는데, "'명'은 일명 '도'인데 사람으로 하여금 잠을 자지 못하도록 한다.(茗一名荼, 又令人不眠)"라고 하였다. 따라서 여기서의 '도'는 씀바귀가 아니라 '명茗', 즉 '차茶'이다. 본문의 맥락과 맞지 않는 것으로 보아 임홍이 차와 씀바귀를 혼동한 것 같다.

92) 교交·광廣: 교지交阯, 즉 베트남의 북부 및 중부의 일부 지역과 광둥廣東 및 광시廣西 지역을 가리킨다.

15. 나복면蘿菔麵

무즙을 넣은 밀가루 음식.

1) 재료

• 무, 밀가루.

2) 조리법

① 무즙을 낸다.

② 밀가루로 반죽을 할 때 ①을 넣는다.

3) 원문

의사인 왕승선은 늘 무즙을 내어 밀가루반죽에 섞어 병을 만들면서, 밀가루의 독을 제거할 수 있다고 말하였다. 『본초』에서 "지황과 무를 함께 먹으면, 사람의 머리를 희게 만들 수 있다."라고 하였다. 수심선생은 무를 몹시 좋아하여, 옥을 복용하는 것보다 심하였다. 양성재의 시에서 "무는 곧 매운 옥이라네."라 하였다. 나와 현량 섭소옹은 서로 왕래한 지 20년이 되었는데, (그는) 매번 밥을 먹을 때마다 꼭 무를 찾고, 껍질째 생으로 씹어먹는데 결국 빨리 먹고자 해서였다. 정일은 평소 학문을 닦음에 수심선생보다 못하지 않았고, 좋아하는 음식도 거의 같았다. 어떤 이가 말하길, "심기를 통하게 할 수 있기에 문인들이 그것을 좋아한다."라 하였다. 그런데 섭소옹은 늙기도 전에 머리카락이 이미 세었는데 설마 지황과 함께 복용한 잘못 때문일까.

王醫師承宣[93], 常搗蘿菔汁, 搜麵[94]作餅, 謂能去麵毒.『本草』, "地黃與蘿菔同食, 能白人髮."[95] 水心先生[96]酷嗜蘿菔, 甚於服玉. 謂誠齋云[97], "蘿菔便是辣底玉."[98] 仆與靖逸葉賢良紹翁[99]過從二十年, 每飯必索蘿菔, 與皮生啖, 乃快所欲. 靖逸平生讀書不減水心, 而所嗜略同. 或曰, "能通心氣, 故文人嗜之." 然靖逸未老而髮已皤, 豈地黃之過歟.

---

93) 왕의사승선王醫師承宣: 남송의 의사였던 왕계선王繼先.『소흥교정경사증류비급본초紹興校訂經史證類備急本草』를 썼다.

94) 수면搜麵: 밀가루를 반죽하다.

95)『본초연의本草衍義』에 "무뿌리는 지황이나 하수오를 복용하고 있는 사람이 먹게 되면 그 사람으로 하여금 수염과 머리를 희게 한다.(萊菔根, 服地黃·何首烏人食之, 則令人髭髮白)"라고 했다.

96) 수심선생水心先生: 섭적葉適(1150-1223)은 저장성浙江省 원저우溫州 사람으로 '수심선생'이라 불리웠다. 그가 창시한 남송의 학파를 수심학파水心學派라 한다.

97) 위성재운謂誠齋云: '성재에게 일러 말하길'이라고 풀이되므로 맥락으로 보면 '섭적이 양만리에게 이야기했다'라는 뜻이 된다. 그러나 아래에 인용된 구는 양만리가 지은 것이므로 맥락이 다소 맞지 않는다.

98) 양만리의「봄채소春菜」시에서 "눈처럼 흰 무는 무가 아니라오, 먹고 나면 자연히 매운 옥이라 여기게 되리니.(雪白蘆菔非蘆菔, 吃來自是辣底玉)"라 하였다.

99) 정일섭현량소옹靖逸葉賢良紹翁: 현량인 섭소옹. 섭소옹의 호가 '정일'이고 그의 원래 성씨는 '이李'였으며 남송의 문인이었다.

16. 맥문동전麥門冬煎

맥문동즙을 달여서 만든 농축액.

1) 재료

- 맥문동 뿌리, 꿀.

2) 조리법

① 맥문동 뿌리를 캐서 심지를 제거한다.

② ①을 찧어서 즙을 내고 꿀을 섞는다.

③ 은그릇에 ②를 담고 중탕하는데 엿 정도의 농도가 될 때까지 오래 달인다.

④ ③을 자기 속에 넣어 보관하다가, 따뜻한 술과 함께 복용한다.

3) 원문

봄가을에 뿌리를 캐서 심지를 제거한 다음, 찧어서 즙을 내고 꿀을 섞는다. 은그릇으로 중탕을 하여 끓이는데, 엿처럼 될 때까지 고며 농도를 살핀다. 자기 안에다가 보관해둔다. 따뜻한 술과 함께 먹으면 신선이 될 수 있나니, 몸에 이로움이 많다.

春秋, 采根去心, 搗汁和蜜, 以銀器重湯煮, 熬如飴爲度. 貯之瓷器內. 溫酒化服,[100] 滋益多矣.

---

100) 온주화복溫酒化服: 이 부분이 판본별로 글자 출입이 심하여 『사고전서四庫全書·설부說郛』 권74에 따르고, 의역을 보탰다. 여기서의 '화복化服'은 단약丹藥 등을 복용하여 신선이 되는 것을 뜻한다.

17. 가전육假煎肉

박과 밀 글루텐으로 만든 대체육.

1) 재료

- 박, 밀 글루텐, 산초, 파, 기름, 술.

2) 조리법

① 박과 밀 글루텐은 얇게 썰어둔다.

② ①을 각각 지지되, 밀 글루텐은 기름에 잠기도록 해서 지지고, 박은 고기지방으로 지진다.

③ ②에 파, 산초, 기름, 술을 더해 볶는다.

3) 원문

박과 밀 글루텐은 얇게 썰어두고, 각각을 재료들과 지지는데, 밀 글루텐은 기름에 잠기도록 해서 지지고, 박은 고기지방으로 지진다. 파, 산초, 기름, 술을 첨가해 볶는다. 박과 밀 글루텐이 고기와 같을 뿐만 아니라, 그 맛 또한 고기와 분간할 수 없다. 오 지방의 하주가 손님을 청해 연회를 베풀 적에 간혹 이것을 내놓았다. 오 지방의 권귀이면서도 산림의 벗들과 함께 하는 것을 좋아하고 맑은 맛을 즐겼나니, 어질구나! (그가) 예전에 푸른 비단으로 작은 병풍을 만들었는데 오목으로 만든 화병에 꽂힌, 오래된 매화나무의 가지가 이어지는 형상이었음에도, 생매화 몇 가지도 (병풍) 자리 오른쪽에 두었으니, 좌우에 두고서 매화를 잊지 않으려고 함이었다. 어느 날 저녁에 운을 나누어 사를 짓는데, 손귀번과 시유심이 있었고 나 역시 거기에 있었다. 나는 '심'자 운의 「연수금戀繡衾」을 뽑아서 즉석에서 짓기를, "얼음 같은 살결은 눈이 오는 것을 금할까만 걱정하는데, 푸른 병풍 앞, 짧은 화병에 가득 꽂혔네. 정말이지, 몇 가지가 여위었지만, 꽃인줄 알겠나니, 멋대로 읊지 마시게. 벌과 나비들을 홀대하여 모두 범접하지 못하게 하였지만, 암향이 풍겨올 때면, 때때로 침향을 빙자한 듯하네. 이미 몇 가지 얻어, 서로 가까이하며, 눈바람도 내버려 두나니 마음에서 거리낌 없네."라 했다. 여러 공들이 나보다 더 잘 썼지만 지금 그들의 글을 잊었다. 매번 갈 때마다 큰 잔으로 먼저 마시고는, '부적을 발부하는 술'이라고 이름하였다. 그 이후에 술을 마시며 읊다가 밤이 되어서야 떠났다. 지금 그의 자식들이 모두 그를 닮은 것을 기뻐하는 까닭에 이 일을 언급한다.

瓠與麩[101]薄切, 各和以料煎, 麩以油浸煎, 瓠以肉脂煎. 加蔥·椒·油·酒共炒. 瓠與麩不惟如肉, 其味亦無辨者. 吳何鑄[102]晏客, 或出此. 吳中貴家, 而喜與山林朋友嗜此淸味, 賢矣. 嘗作小靑錦屛風, 烏木瓶簪, 古梅枝綴像[103], 生梅數花置座右, 欲左右未嘗忘梅. 一夕, 分題賦詞, 有孫貴蕃·施遊心[104], 仆亦在焉. 仆得心字「戀繡衾」[105], 即

101) 부麩: 원래 '밀기울'이란 뜻이다. 그러나 밀기울로 대체육을 만들 수 있는지의 사실 여부는 찾지 못하였다. 일반적으로 대체육을 만들 때 사용하는 재료를 고려하여 '밀 글루텐[면근面筋]'이라 풀었다.

102) 하주何鑄: 저장성浙江省 출신의 문관으로서, 북송 휘종徽宗 정화政和 5년(1115)에 진사에 급제하였고 비서랑秘書郎, 감찰어사監察御史 등을 맡았는데, 매우 강직했다고 한다.

103) 소청금小靑錦……철상綴像: 문맥으로 보아 병풍 속 그림은 기명절지화였으리라 생각된다.

104) 손귀번孫貴蕃·시유심施遊心: 누구인지 찾지 못하였다.

席云, "冰肌[106]生怕[107]雪來[108]禁, 翠屛前, 短瓶滿簪. 眞個是, 疏枝瘦, 認花兒, 不要浪吟. 等閑蜂蝶都休惹, 暗香來, 時借水沈[109]. 既得個, 厮偎伴, 任風雪, 盡自于心." 諸公差勝, 今忘其辭. 每到, 必先酌以巨觥, 名'發符酒', 而後觴詠, 抵夜而去. 今喜其子侄皆克肖, 故及之.

---

105) 연수금戀繡衾: 사패詞牌 중 하나로서 「누주탄淚珠彈」이라고도 부른다.

106) 빙기冰肌: 보통 매화를 가리킨다.

107) 생파生怕: 오로지 …… 만을 걱정하다.

108) 래來: '아니다'라는 뜻의 '미未'로 된 판본도 있다.

109) 수침水沈: 침향沈香.

18. 등옥생橙玉生

설리 썬 것과 오렌지 찧은 것을 섞어 먹는 음식.

1) 재료

• 설리, 오렌지, 소금, 식초, 장.

2) 조리법

① 설리 큰 것을 골라서 껍질과 씨를 제거하고 주사위 정도의 크기로 자른다.

② 크고, 노랗게 잘 익은 오렌지에서 씨를 제거하여 문드러지도록 찧어 둔다.

③ ①과 ②에 소금, 식초, 장을 첨가하여 잘 섞어 술안주로 곁들인다.

3) 원문

설리 큰 것에서 껍질과 씨를 제거하고 주사위 정도의 크기로 잘라둔다. 그 후, 크고 노랗게 잘 익은 오렌지에서 씨를 제거하여 문드러지도록 찧어둔다. 약간의 소금을 첨가하고 식초와 장과 함께 고르게 섞어서 대접하는데, 주흥을 돋울 수 있다. 갈천민이 「북쪽의 배를 맛보다」 시에서 "매번 연초가 되면 번화한 사물들에 대한 그리움이 생기는데, 야인의 집에 온 배를 막 맛보았네. 새콤달콤 중원의 맛을 여전히 지니고 있건만, 춘풍이 불어도 그 꽃을 볼 수 없어 장이 끊어질 듯 아프다네."라 하였다. 비록 배의 맛을 표현한 것은 아니지만 매번 접촉하는 사물을 아끼는 마음과 '서리지탄'을 담았기에 그것을 언급하였다. 설리를 읊은 것으로 말하자면 두야 장온의 '세 치 짜리 갈옷으로 몸을 덮고, 한 덩어리 얼음을 배에 채웠네.'라는 구만한 것이 없다. 아마 '갈옷을 입었지만 옥을 품은 자'라는 데서 표현을 갖고 온 것이리라.

雪梨[110]大者, 去皮核, 切如骰子大. 後, 用大黃熟香橙, 去核, 搗爛. 加鹽少許, 同醋·醬拌勻供, 可佐酒興. 葛天民[111]「嘗北梨」詩云, "每到年[112]頭感物華, 新嘗梨到野人家. 甘酸尙帶中原味, 腸斷春風不見花[113]." 雖非味梨, 然每愛其寓物, 有「黍離」之歎[114], 故及之. 如詠雪梨, 則無如張斗埜蘊[115]'蔽身三寸褐, 貯腹一團冰'之句. '被褐懷玉'[116]者, 蓋有取焉.

---

110) 설리雪梨: 속이 희고 과육이 부드러운 배의 일종.

111) 갈천민葛天民: 저장성浙江省 출신의 문인이다.

112) 년年: 변방을 뜻하는 '변邊'으로 된 판본도 있다.

113) 춘풍불견화春風不見花: 북방에서 자란 배를 맛볼 수는 있지만, 봄에 피는 배꽃은 볼 수 없다는 의미이다. 송나라가 회수 이북의 땅을 빼앗기고 남쪽으로 옮겨온 것에 대한 비통한 감회를 드러낸 부분이다.

114) 서리지탄「黍離」之歎: 『시詩·왕풍王風·서리黍離』에서 유래된 말로서, 나라가 망하고 난 뒤 옛 궁궐 터에 무성하게 자란 기장을 보고 탄식하는 것을 뜻한다.

115) 장두야온張斗埜蘊: 호가 두야斗埜인, 남송의 문인 장온張蘊이다.

116) 피갈회옥被褐懷玉: 갈옷을 입고 옥을 품다. 가난하고 지위는 보잘 것 없지만 고결한 정신을 가진 이를 가리킨다. 『노자老子』 제70장에서 "나를 아는 자는 드물며, 나를 본보기로 삼는 자도 귀하다. 그러므로 성인은 갈옷을 걸치고 옥을 품은 사람이다.(知我者希, 則我者貴. 是以聖人被褐懷玉)"라고 한 데서 나왔다.

19. 옥연삭병玉延索餠

마로 만든 국수

1) 재료

❁ 탕병으로 만들 때(말린 후에 가루를 내는 방법)

- 마, 백반.

❁ 삭병으로 만들 때(갈아서 전분을 낸 후에 만드는 방법)

- 마, 식초.

❁ 끓여서 먹을 때

- 마, 소금이나 꿀.

2) 조리법

❁ 탕병으로 만들 때(말린 후에 가루를 내는 방법)

① 봄가을에 마를 캐는데, 흰 것이 상급의 것이다.

② 물에 담그되 백반을 약간 넣어 하룻밤 묵힌 후 깨끗이 씻어 끈기를 제거한다.

③ ②를 약한 불에 쬐어 말린 후에 갈아서 체에 쳐 가루를 낸다.

④ ③으로 탕병을 만들면 된다.

❁ 삭병으로 만들 때(갈아서 전분을 낸 후에 만드는 방법)

① 마를 충분히 갈아서 걸러 전분을 낸다.

② 죽통에 넣어서 옅은 식초 항아리 안에 잠시 넣었다가 꺼낸다.

③ 물에 담가서 산미를 제거한다.

④ 이후 단계는 탕병으로 만들 때처럼 하면 된다.

❁ **끓여서 먹을 때**

① 껍질을 벗겨 끓인다.

② 소금이나 꿀을 곁들여도 모두 좋다.

3) 원문

마는 '서여'라고 하며, 진 지역과 초 지역의 사이에는 '옥연'이라고도 부른다. 꽃은 흰데 그 작기가 대추나무꽃 정도이며, 잎이 푸른데 나팔꽃 이파리보다 더 뾰족하다. 여름에 황토에 물을 대 심으면 번성한다. 봄가을에 뿌리를 캐는데, 흰 것이 상급의 것이다. 물에 담그되 백반을 약간 넣어, 하룻밤 묵힌 후 깨끗이 씻어 끈기를 제거하고, 약한 불에 쬐어 말린 후, 갈아서 체에 쳐 가루를 만들면 탕병을 만드는 용도에 적합하다. 만약 삭병을 만들고 싶다면 충분히 갈아 걸러서 전분을 만드는데, 죽통에 넣어서 옅은 식초 항아리 안에 잠시 넣었다가 꺼낸다. 물에 담가서 산미를 제거한 후에는, 탕병을 만들 때처럼 하면 된다. 만약에 끓여서 먹고 싶다면, 껍질을 벗기고 (끓여서), 소금이나 꿀에 담가도 모두 좋다. 그 성질은 따뜻하고 독이 없으며, 유익함이 있다. 옛날에 진간재가 「옥연부」를 지어서 향·색·미, 삼절이라고 했던 것이다. 육방옹 역시 시에서 "잡다한 병 때문에 술과 소원해진 지 오래, 근래에는 장재를 위하여 옥연을 끓이네."라 하였다. 수도인 항주 근처에서는 손바닥같이 생긴 것이 많이 보이는데 '불수약'이라고 하며 그 맛이 훨씬 좋다.

山藥, 名薯蕷, 秦楚之間名玉延. 花白, 細如棗, 葉靑, 銳於牽牛[117].

117) 견우牽牛: 견우화. 보통 '나팔꽃'으로 풀이한다.

夏月, 漑以黃土壤, 則蕃. 春秋采根, 白者爲上. 以水浸, 入礬少許, 經宿, 淨洗去延[118], 焙乾, 磨篩爲麵, 宜作湯餠用. 如作索餠[119], 則熟研, 濾爲粉, 入竹筒, 微溜[120]於淺酸盆內, 出之, 於水浸, 去酸味, 如煮湯餠法. 如煮食, 惟刮去皮, 蘸鹽·蜜皆可. 其性溫, 無毒, 且有補益. 故陳簡齋[121]有「玉延賦」, 取香·色·味爲三絕. 陸放翁[122]亦有詩云, "久緣多病疏雲液[123], 近爲長齋[124]煮[125]玉延."[126] 比於杭都多見如掌者, 名'佛手藥', 其味尤佳也.

---

118) 연延: 『사고전서四庫全書·설부說郛』 권74에는 '연涎'으로 되어 있다. '연延'과 '연涎'은 같은 뜻으로서, 마의 뮤신mucin 성분, 즉 끈끈한 끈기를 의미한다.

119) 삭병索餠: 노끈처럼 만든 국수라고 생각하면 된다. 청대 유정섭俞正燮이 『계사존고癸巳存稿·면조자麵條子』에서 "국수를 '절면'이라고 하고, '라면'이라고 하고, '삭면'이라고 하고, '괘면'이라고 하며, '면탕'이라고도 하고, '탕병'이라고도 하고, '삭병'이라고도 하며, '수인면'이라고도 한다.(麵條子曰切麵, 曰拉麵, 曰索麵, 曰掛麵, 亦曰麵湯, 亦曰湯餠, 亦曰索餠, 亦曰水引麵)"라 했다. 여기에 언급된 것들은 모두 국수의 범주에 들어가지만, 글자의 의미로 볼 때 만드는 방법에는 차이가 있었을 것이라 생각된다. 이 책의 본문에서도 '탕병'을 만들 때와 '삭병'을 만들 때의 방법을 나누어 놓았으므로 같은 국수 종류라 할지라도 만드는 방법에는 차이가 있었다고 이해하는 것이 좋겠다.

120) 미류微溜: 원래 '류溜'는 재료를 튀기거나 끓인 후에 양념을 끼얹는 조리 방식을 말하지만 여기서는 이러한 뜻으로 번역할 경우 맥락이 통하지 않는다. 여기서는 '류流'와 통하는 글자로 보아서 식초 항아리 속에 잠시 놓아둔다는 의미로 풀었다.

121) 진간재陳簡齋: 송대의 유명 시인인 진여의陳與義(1090-1138)이다.

122) 육방옹陸放翁: 남송의 유명 시인인 육유陸游(1125-1210)이다.

123) 운액雲液: 술을 뜻한다.

124) 장재長齋: 재계를 위하여 장기간 채식하는 것, 혹은 하루 한 끼만 먹으며 오후에는 먹지 않는 불가의 계율을 오래 지키는 것을 의미한다.

125) 자煮: '내놓다'라는 뜻의 '진進'으로 되어 있는 경우가 많다.

126) 육유의 시 「회포를 쓰다書懷」 중 3, 4구이다.

20. 대내고大耐糕

생자두 속에 각종 견과류를 채워서 찐 음식.

1) 재료

- 생자두, 꿀, 껍질 벗긴 잣, 껍질 벗긴 감람 열매, 껍질 벗긴 호두알, 씨앗 부순 것

2) 조리법

① 생자두의 껍질을 벗기고 씨를 도려낸다.

② ①을 백매육과 감초 끓인 물에 데친다.

③ 꿀, 껍질 벗긴 잣, 껍질 벗긴 감람 열매, 껍질 벗긴 호두알, 씨앗 부순 것으로 ②의 속을 채운다.

④ 작은 시루에다 ③을 넣고 쪄서 익힌다.

3) 원문

이전에 상운항 공이 여름이 한창일 때 술을 마시게 하면서 (주방에 일러서) '대내고'를 만들게 했다. ('고糕'라고 했기에) 틀림없이 가루로 만드는 것이라 생각했다. 음식을 내올 때 보니 큰 자두로 만든 것이었다. 생자두 껍질을 벗기고 씨를 도려내고, 백매육과 감초를 끓인 물에 데친다. 꿀, 껍질 벗긴 잣, 껍질 벗긴 감람 열매, 껍질 벗긴 호두알, 씨앗 부순 것으로 속을 채운 후, 작은 시루에 넣어 쪄서 익히는데, 이것을 '내고'라고 부른다. 익히지 않고 먹으면 비장을 다친다. 또한 상운항 공의 조상인 상민중 공이 '대내관직'이라 불리우게 된 의미를 취하여 (이 음식의 이름을 지어서), 이로써 상씨 후손들이 문간공의 검박함과 강직함을 물려받고자 함을 드러냈다. 무릇 천하의 선비가 진실로 '인내' 한 글자를 안다면, 절의를 몸소 지킬 수 있을 터이니, 그 일이 원대하지 않음을 어찌 근심하랴! 이 때문에 이를 읊어서 "크게 참음을 가학으로 삼은 줄 이미 알고 있었는데, 고결한 명성이 이로부터 높다는 것을 목도하였네."라 말했다. 『운곡잡기』에는 '대내관직'이라는 말이 '이항'의 일로 기록되어 있는데, 그렇지 않은 것 같다.

向雲杭公[127]袞夏日[128]命飮, 作大耐糕, 意必粉麵爲之. 及出, 乃用大李子. 生者去皮剜核, 以白梅[129]·甘草湯焯過. 用蜜和松子肉·欖仁去皮·核桃肉去皮·瓜仁劃碎, 塡之滿, 入小甑蒸熟, 謂'耐糕'也. 非熟, 則損脾.[130] 且取先公'大耐官職'[131]之意, 以此見向者有意於文

---

127) 상운항공向雲杭公: 『사고전서四庫全書·설부說郛』 권74에는 '상항설분向杭雪分'으로 되어 있다. 아래에서 '대내관직大耐官職' 일화가 언급된 것을 생각해볼 때, '상운항공'은, 북송 때 관리였던 '상민중向敏中'의 후손이라 추정된다.

128) 곤하일袞夏日: 여름이 한창일 때.

129) 백매白梅: 여름에 대내고를 만들 때 들어갈 재료이므로 백매 꽃잎으로는 풀이할 수 없고, 아마 '백매육'을 가리키는 것이라 생각된다. 백매육에 대해서는 (하) 1. 밀지매화蜜漬梅花 주석 참조.

130) 비숙非熟, 즉손비則損脾: 여기에서는 익혀 먹지 않으면 비장을 다친다고 쓰고 있지만, 의서에는 비장이 약한 사람의 경우 자두를 많이 먹지 말라고만 되어 있다.

131) 대내관직大耐官職: 상민중向敏中은 북송 대중상부大中祥符 5년(1012)에 요직을 맡은 이래, 천희天禧 원년(1017)에 우복야겸문하시랑右仆射兼門下侍郎을 맡는 등 중임을 연거푸 맡게 되었다. 진종眞宗은 한림학사翰林學士 이종악李宗諤에게, 상민중이 높은 관직에 오른 것을 기뻐하며 틀림없이 시끌벅적한 잔치를 치르고 있을 거라며 보고 오라 하였다. 그런데 상민

簡[132]之衣鉢[133]也. 夫天下之士, 苟知'耐'之一字, 以節義自守, 豈患事業之不遠到哉! 因賦之曰, "既知大耐爲家學, 看取淸名自此高." 『雲谷類編』[134]乃謂大耐本李沆事, 或恐未然.

중의 집안에는 손님이 한 명도 없었다. 다음날 이종악이 황제에게 상황을 아뢰니 진종이 크게 웃으며 "상민중은 '크게 참는 관직[大耐官職]'이거든!"이라 하였다. 이후로 관직의 오르내림에 일희일비하지 않고 관직을 맡는 것을 '내관耐官'이라고 일컫게 되었다.

132) 문간文簡: 상민중은 죽은 후에 시호로 '문간'을 받았다.

133) 의발衣鉢: 가사와 바리때. 원래 불가에서 스승이 제자에게 불도를 전수하는 것을 '의발을 전수하다'라고 한다. 여기서는 상민중의 뜻을 후손들이 전수받은 것을 의미한다.

134) 『운곡유편雲谷類編』: 장호張淏가 지은 『운곡잡기雲谷雜記』를 말한다.

21. 원앙적(치)鴛鴦炙(雉)[135]

원앙구이.

1) 재료

- 원앙, 술, 장, 향료

2) 조리법

① 원앙을 뜨거운 물에 담가 털을 뽑는다.

② ①을 먼저 기름에 굽는다.

③ 술, 장, 향료를 가하여 푹 익힌다.

3) 원문

촉 지방에 닭이 있는데, 모이주머니 쪽에 비단 같은 끈을 감추어 놓고 있다가 날이 개면 양지쪽으로 그것을 벌여놓는데, 두 개의 뿔 모양을 내놓은 것이 한 치쯤 된다. 이문요의 시에 "가벼운 바람 속에 무성하게 흩어진 인끈, 머금은 듯 늘어뜨린 듯하니 무엇에 비유할 수 있으랴."라 하였다. 왕안석은 시에서 "날씨 청명할 때 애오라지 한 번 토해내면, 애들이 처음 보고 서로 놀라고 궁금해한다네."라 하였다. 나면서부터 반포지효反哺之孝를 할 줄 알기에 '효치'라고도 부른다. 두보의 시에 '향

---

135) 이 편은 글자의 출입이 심하고, 음식의 재료나 조리법의 설명도 맥락이 잘 통하지 않는다.

기로운 금대갱 냄새 풍기네'라는 구가 있었지만, 먹어본 적이 없었다. 지난번에 오 지역의 노구에서 노닐다가, 전춘당의 집에 머무르게 되었는데, 전선의 집에서 게 집게발을 잡고 술을 마시는 것을 즐겼다. 마침 주살로 새 잡는 사람이 원앙 한 쌍을 잡아 대령했다. 그것을 얻어 뜨거운 물에 담가 털을 뽑고, 기름으로 구운 후에, 술, 장, 향료로 따뜻한 열기로 익혔다. 술도 다 마시고 시 읊는 것도 지루할 때쯤, 이를 얻으니 매우 기뻤다. 시에서 "그릇 속 젓가락이여, 몸이 마른 것을 싫어하지 마시게, 뼈에 사무치는 그리움에 정말로 살찔 수가 없어라."라 하였는데, 맛이 금대보다 못하지 않았다. 가만히 생각해보니, 원앙과 토수계는 각각 아름다운 모습으로 인하여 조리되는 신세가 되지만, 토수계는 반포지효를 행하는 새이니 어찌 차마 조리해 먹겠는가.

꿩은 호두나 목이버섯과 함께 소쿠리에 담아 먹으면 하혈한다.

蜀有雞[136], 嗉中藏綬如錦, 遇晴則向陽擺之, 出二角寸許. 李文饒[137]詩, "葳蕤散綬輕風裏, 若銜[138]若垂何可擬."[139] 王安石詩云, "天日淸明聊[140]一吐, 兒童初見互驚猜."[141] 生而反哺, 亦名孝雉. 杜甫有'香聞錦帶羹'[142]之句, 而未嘗食. 向遊吳之蘆區[143], 留錢春塘[144],

---

136) 계雞: 본문의 전체 내용으로 보았을 때 토수계吐綬鷄, 즉 칠면조를 설명한 것이다.

137) 이문요李文饒: 당나라 때의 재상이었던 이덕유李德裕(787-849)이다.

138) 함銜: '어御', 혹은 '앙仰'으로 되어 있는 경우도 있다.

139) 이 시는 제목은 전해지지 않고 시 본문만 일부 남았는데, 나머지 시구의 내용을 종합해 볼 때 닭을 비유한 시는 아니다. 아마 닭이 벌여놓는 인끈 모양 부분이 이 구절에서 묘사한 것과 유사하여 임의로 인용한 듯하다.

140) 료聊: '즉卽'으로 된 경우도 있다.

141) 왕안석의「인끈을 토하는 닭吐綬雞」이다.

142) 이 시구에 대해서는 (상) 23. 금대갱錦帶羹을 참조하면 된다. 임홍은 이

愛選家持螯把酒.[145] 適有弋人攜雙鴛至. 得之, 燖, 以油爁[146], 下酒·醬·香料燠[147]熟. 飲餘吟倦, 得此甚適. 詩云, "盤中一箸休嫌瘦, 入骨相思定不肥[148]." 不減錦帶矣[149]. 靖言思之, 吐綬鴛鴦, 雖各以文彩烹, 然吐綬能反哺, 烹之忍哉.

雉, 不可同胡桃·木耳箪食[150], 下血.

책의 상권에서 '금대갱'을 설명할 때, 두보의 시에 나오는 '금대'를 토수계, 즉 칠면조로 보는 주석가도 있지만 사실과는 거리가 멀다고 주장한 바 있다. 그런데 여기에서는 토수계가 두보의 시구에 나오는 '금대'라고 말하고 있다. 그러므로 이 부분은 임홍이 혼동한 것이라고 보아야 하겠다.

143) 노구蘆區: 어느 곳의 지명인지 찾지 못하였다.

144) 춘당春塘: 동궁東宮에서 일하는 관리를 가리킨다.

145) 류留……주酒: 판본에 따라 이 부분 글자의 출입이 유독 심한데, 『사고전서四庫全書·설부說郛』에 따랐다. 당시 관리였던 전선錢選의 집에서 있었던 일을 말하는 듯하다. 전선의 자字가 순거舜擧였다.

146) 람爁: 굽다.

147) 욱燠: 따뜻하게 하다.

148) 입골상사정불비入骨相思定不肥: 당나라 온정균溫庭筠의 사 「남가자南歌子」 중 일부이다. 다만 '반중일저휴혐수盤中一箸休嫌瘦'는 이 사에 나오지 않는 부분이다.

149) 앞서 설명한 바와 같이 임홍은 두보의 시에 나오는 '금대'가 토수계라고 말하고 있다. (상) 23.금대갱의 서술과 상충되는 부분임을 밝혀둔다.

150) 단식箪食: 소쿠리에 담아 밥을 먹는 것, 혹은 그런 밥. 꿩고기는 목이버섯이나 호두와 잘 맞지 않는 것으로 알려져 있긴 하다. 그러나 소쿠리에 담아 먹는 행위[단식箪食]가 꿩고기를 섭취할 때 어떻게 나쁜 효과를 일으키는지에 대해서는 근거를 찾지 못하였다.

22. 순궐혼돈筍蕨餛飩[151]

죽순과 고사리 무침이 들어간 혼돈.

1) 재료

• 죽순, 고사리, 장, 향료, 기름, 밀가루.

2) 조리법

① 죽순과 고사리는 연한 것을 따서 뜨거운 물에 데친다.

② ①을 장, 향료, 기름과 고르게 섞은 후 혼돈으로 만든다.

3) 원문

죽순과 고사리는 연한 것을 따서 뜨거운 물에 데친다. 장, 향료, 기름과 고르게 섞어 혼돈으로 만들어 대접한다. 예전에 강서에 있는 임몽영공의 아들 집에서 누차 이 음식을 만들었다. 뒤에 고향정 아래에 앉아 궁궁이와 국화순을 캐서 만든 차를 대접받고 옥명화를 대하니 정말 흡족하였다. 옥명화는 차와 비슷하게 생겼지만 약간 다른데, 키가 약 다섯 자쯤 되고 지금 임씨네 집에만 있는 품종이다. 임씨는 금석대의 산방선생의 아들이니 그 청고淸高함을 짐작할 수 있을 것이다.

采筍·蕨嫩者, 各用湯焯. 以醬·香料·油和勻, 作餛飩[152]供. 向者,

151) 혼돈餛飩: (상) 14. 매화탕병梅花湯餅의 설명 참조.

152) 작혼돈作餛飩: 혼돈으로 만든다. 문맥으로 보아 죽순과 고사리 무친 것을

江西林谷梅少魯家[153], 屢作此品. 後, 坐古香亭[154]下, 采芎·菊苗薦茶, 對玉茗花[155], 眞佳適也. 玉茗似茶少異, 高約五尺許, 今獨林氏有之. 林乃金石臺山房[156]之子, 淸可想矣.

혼돈의 소로 넣거나 혼돈의 고명으로 얹은 것으로 생각된다.

153) 임곡매소로가林谷梅少魯家: '곡매소로谷梅少魯'는 아마도 호와 이름인 듯하다. 본문 뒷부분의 내용으로 보아 그는 송대 관료 임몽영林夢英의 아들이라 생각된다. 그 외에는 전해지는 기록이 없어 '강서에 있는 임몽영 공의 아들 집'으로 풀었다.

154) 고향정古香亭: 어느 지역의 것인지 확정하기 어렵지만 맥락으로 보아 임몽영의 아들 집에 있는 것으로 보인다.

155) 옥명화玉茗花: 산다화山茶花.

156) 금석대산방金石臺山房: 송대 관료 임몽영林夢英을 가리킨다. 그는 강서江西의 무주撫州 사람으로서 사람들이 '산방선생山房先生'이라고 불렀다. 각종 공훈을 세운 후 관직에서 물러나 무주성 서쪽 금석대金石臺에 거처하며 장서각을 세우고 독서에 전념했다고 한다.

23. 설하갱雪霞羹

부용화를 넣어 끓인, 노을빛 두부국.

1) 재료

- 부용화, 두부, 후추, 생강.

2) 조리법

① 부용화를 따서 꽃술과 꽃받침을 제거하고 뜨거운 물에 데친다.

② ①을 두부와 함께 끓인다.

③ 필요하면 ②에 후추와 생강을 곁들인다.

3) 원문

부용화를 따서 꽃술과 꽃받침을 제거하고 뜨거운 물에 데친 후, 두부와 함께 끓인다. 붉은 빛과 흰 빛이 교차되기에 황홀하기가 눈이 갤 때 놀이 지는 것 같아서 '설하갱'이라 이름하였는데, 후추나 생강을 더해도 좋다.

采芙蓉花[157], 去心·蒂, 湯焯之, 同豆腐煮. 紅白交錯, 恍如雪霽之霞, 名'雪霞羹', 加胡椒·薑亦可也.

---

157) 부용화芙蓉花: 연꽃을 가리킬 수도 있는데, 여기서는 '목부용'을 가리키는 듯하다.

24. 아황두생鵝黃豆生

연노란빛 콩나물 무침.

1) 재료

• 검정콩으로 키운 콩나물, 기름, 소금, 식초, 향료, 참깨전병.

2) 조리법

① 백중 며칠 전에 검정콩을 물에 담갔다가 햇볕을 보여 싹을 낸다.
② 동이에 쭉정이와 겨를 깔고 모래를 편 후 ①을 심는다.
③ ②의 위를 판으로 덮어두었다가 싹이 나면 우묵한 통으로 덮어둔다.
④ ③을 새벽에는 햇볕을 잠깐 보인다.
⑤ ④를 백중에 조상 위패 앞에 놓았다가 사흘이 지나면 꺼내 씻어 데친다.
⑥ ⑤에 기름, 소금, 식초, 향료를 넣어 양념해서 먹는다.
⑦ ⑥자체로 먹어도 좋고, 참깨전병에 ⑥을 넣어 말아 먹어도 맛있다.

3) 원문

온릉 사람들은 백중을 며칠 앞두고, 물에 검정콩을 담갔다가 햇볕을 보이는데 싹이 나면 쭉정이와 겨를 동이에 깐 후, 모래를 펴서 콩을 심는데, 판을 사용해 눌러두었다가, 자라면 통으로 덮어두되 새벽에는 햇볕을 쬔다. 가지런하게 키우고 싶다면 바람과 해에 손상되지 않도록 한다. 백중이 되면 조상 위패 앞에 늘어놓았다가 사흘이 지나면 그것을 꺼내어 씻어서 데친 후, 기름, 소금, 식초, 향료로 양념해 먹을 수 있다.

참깨전병에 말아 먹으면 더욱 맛있다. 색이 옅은 노란빛이라 '새끼 거위처럼 옅은 노란빛이 나는 콩나물'이라 이름한다.

나는 강회 일대를 20년간 떠돌았는데, 매번 이 음식 때문에 선친의 묘소가 있는 고향을 그리워하는 마음이 일어나곤 하였다. 장차 「귀거래」를 읊어서 큰 소원을 실현하리라.

溫陵[158]人前中元[159]數日, 以水浸黑豆, 曝之, 及芽, 以糠秕置盆內, 鋪沙植豆, 用板壓, 及長, 則覆以桶, 曉則曬之. 欲其齊而不爲風日損也. 中元, 則陳於祖宗之前[160], 越三日, 出之, 洗焯, 以油·鹽·苦酒·香料可爲茹. 卷以麻餅尤佳. 色淺黃, 名'鵝黃豆生'.

仆遊江淮二十秋, 每因以起松楸[161]之念. 將賦歸, 以償此一大願也.

---

158) 온릉溫陵: 현재 푸젠성福建省 취앤저우泉州.

159) 중원中元: 음력 7월 15일, 즉 백중百中이다.

160) 조종지전祖宗之前: 사당에 있는 조상들의 위패 앞.

161) 송추松楸: 소나무와 가래나무 등, 무덤 곁에 심는 나무들을 가리킨다. 조상들의 묘소가 있는 고향을 가리키는 말로도 쓰인다.

25. 진군죽眞君粥

살구 삶은 것을 넣은 죽.

1) 재료

• 살구, 죽.

2) 조리법

① 살구를 푹 끓여서 씨를 제거해둔다.

② 죽이 익으면 ①을 넣어 함께 끓인다.

3) 원문

살구를 푹 끓여서 씨를 제거해두었다가, 죽이 익었을 때 함께 끓이면 '진군죽'이라 부를 수 있다. 예전에 여산에서 노닐 적에, 동진군이 신선이 되기 이전에 살구나무를 많이 심었다가 풍년이 든 해에는 살구로 곡식을 바꾸어 놓고 흉년이 들면 곡식을 싸게 팔았는데, 이때 구제받은 이들이 매우 많았기에 훗날 대낮에 신선이 되어 승천하였다는 말을 들었다. 세상에 전하는 시에 "어찌 연화봉 아래의 나그네들처럼 다투랴! 붉은 살구 심어두어도 신선으로 승천할 수 있거늘."이라 했으니 어찌 반드시 단약을 만들고 기운을 단련하는 것에만 전념하랴! 진실로 남에게 공덕을 쌓으면 비록 죽지 않았더라도 이미 신선이라는 명성을 날릴 것이다. 인하여 이것으로 이름을 삼았다.

杏子煮爛去核, 候粥熟同煮, 可謂'眞君[162]粥'. 向遊廬山, 聞董眞君[163]未仙時多種杏, 歲稔, 則以杏易穀, 歲歉, 則以穀賤糶, 時得活者甚衆, 後白日升仙. 世有詩云, "爭似蓮花峰下客[164], 種成紅杏亦升仙."[165] 豈必專於煉丹服氣. 苟有功德於人, 雖未死而名已仙矣. 因名之.

---

162) 진군眞君: 신선이나 도사의 존칭.

163) 동진군董眞君: 삼국시대 명의였던 동봉董奉은 환자들의 병을 치료한 후에 사례금을 받지 않고 대신에 자신의 집 근처에 살구나무를 심도록 하였다. 그 살구나무에서 열린 살구를 거두어 곡식과 바꾸었다가, 흉년이 들면 곡식을 싸게 내주어서 빈민을 구제하였다. 당시 사람들이 그를 칭송하여 '동진군'이라고 불렀다.

164) 연화봉蓮花峰: 연화봉은 중국 황산黃山의 봉우리 중 하나이다. 황산은 황제黃帝가 신선이 된 곳이기 때문에 신선이 되고자 하는 수많은 사람들이 이곳에서 수도하였다.

165) 송대 문인인 장경張景(970-1018)이 지은 「동진인의 그림에 제하다題董眞人」 중 3, 4구이다. 그 중 제4구는 위의 본문에 인용된 것과 글자의 차이가 있다.

26. 수황酥黃[166]

바삭바삭하고 노란 빛깔을 띠는, 지진 토란.

1) 재료

- 토란, 밀가루, 비자나무 열매 알맹이, 살구씨 알맹이, 장.

2) 조리법

① 토란을 삶아 편으로 자른다.

② 비자나무 열매 알맹이와 살구씨 알멩이를 갈아서 장과 함께 섞어 둔다.

③ 밀가루 반죽에 ①과 ②를 넣었다가 기름에 지진다.

3) 원문

눈 내리는 밤, 토란이 막 익어갈 때, 토란을 끔찍이도 좋아하는 친구가 있어서 "간단히 술만 싣고 와서 문을 두드리게."라고 전하고, 도착했을 때 곧바로 그것을 대접하니, "토란 삶는 법에는 여러 가지가 있지만, (이 음식은) 유독 바삭바삭하고 노란 빛이며 유독 세상에서 얻기 힘든 것이군."이라고 말했다. 토란을 삶아 편으로 자른 후, 비자나무 열매 알맹이와 살구씨 알맹이를 갈아서 장과 함께 섞어 두고, 밀가루 반죽에

---

166) 수황酥黃: 이 음식의 이름을 '수황독酥黃獨'이라고 한 경우도 보이지만 의미가 통하지 않는다. 『사고전서四庫全書·설부說郛』에 따라 '수황'으로 두었다.

담갔다가 지지면, 절로 넉넉하고 심히 오묘하다 할 것이다. 시에서 "눈이 흩날리는 밤, 그릇엔 잘라서 만든 옥이 담겼나니, 봄이 조화를 부려 추울 때, 바삭바삭한 것을 잘라 금을 만들었네."라 하였다.

雪夜, 芋正熟, 有仇芋曰, "從簡載酒來扣門." 就供之, 乃曰, "煮芋有數法, 獨酥黃獨世罕得之." 熟芋截片, 研榧子·杏仁和醬, 拖麵[167]煎之, 且自[168]侈以爲甚妙. 詩云, "雪翻夜缽截成玉, 春化寒酥剪作金."[169]

---

167) 타면拖麵: 보통 밀가루 반죽을 무르게 하여 재료에 묻혀서 기름에 튀기거나 지지는 방법을 일컫는다.

168) 자自: '백白'으로 된 판본도 있으나 의미가 통하지 않아 『사고전서四庫全書·설부說郛』에 따라 '자'로 두었다.

169) 임홍의 시로 보이며 이 두 구만 남아 있다.

27. 만산향滿山香

미리 볶아서 갈아두었다가 음식에 뿌리는 향신료.

1) 재료

만산향

- 소회향, 회향, 생강, 산초, 숙유, 장.

탕효신 장군이 좋아하는 암채

- 채소, 장, 기름.

2) 조리법

만산향

① 소회향, 회향, 생강, 산초를 가루로 만들어서 조롱박에 담아둔다.

② 채소를 조리하다가 약간 끓어오를 때 숙유와 장, ①을 넣은 후 즉시 뚜껑을 덮는다.

탕효신 장군이 좋아하는 암채

① 채소를 기름에 볶아둔다.

② ①에서 자연스럽게 즙이 나오도록 하되, 이 위를 장으로 덮어 뜸을 들인다.

3) 원문

진습암은 「농사짓기를 배우다」 시에서 “그저 남에게 채소 심는 것을 가르치기만 하나니, 손님이 꽃을 보게 하려고 했다고 오해하지 마시오.”

라 하였으니 근본을 중시하면서 산림의 맛을 알았다고 할 것이다. 내가 봄에 호수를 건널 때 설씨의 독암을 방문하였다. 마침내 머무르며 술을 마시는데 '춘반'을 대접받고는 우연히 시구를 얻었나니, "시동으로 하여금 춘반을 거둬가게 하는 것은, 성 안에는 지금 (백성들의) 푸르딩딩한 채소 빛 얼굴이 많을 것이기 때문이라네."라 했다. 채소를 비루하다고 생각하는 것이 아니라 느낀 바가 있었기 때문에 차마 젓가락을 댈 수 없었다. 설씨가 말하길, "옛 사람들이 이 음식에 대해 말하길, '사대부로 하여금 이 맛을 알게 하는 것은 되지만, 백성들(의 얼굴)로 하여금 이 빛깔을 갖게 해서는 안 된다'라고 한 말이 있었소. 시와 문이 비록 다르긴 하지만 채소를 사랑하는 뜻에는 다름이 없다네."라 하였다. 하루는 산에서 아내가 유채국을 끓였는데 스스로가 일품이라고 생각하였다. 우연히 정씨가 왔길래 그것을 대접했더니 "내가 한 가지 조리법이 있어 알려드리겠네. 그저 소회향, 회향, 생강, 산초를 분말을 만든 후 조롱박에 저장해두었다가, 채소가 약간 끓어오를 때 숙유, 장을 함께 넣으면 급히 뚜껑을 닫아도 벌써 온 산에 향기가 그득하다네."라 하였다. 그것을 시험해보니 과연 그러하였기에, '만산향'이라고 이름하였다. 근래에 듣기로, 탕효신 장군이 '암채'를 좋아하는데, 물을 사용하지 않고 오로지 기름에 채소를 볶았다가 나중에 즙이 절로 나오도록 해서 (위에) 장을 얹어 뜸을 들이는데, 맛의 등급이 금련보다 낫다고 스스로 말할 정도라고 했다고 한다. 탕효신은 무관인데 살생하는 것을 싫어하니 특별하구나!

陳習庵[170]「學圃」[171]詩云, "只教人種菜, 莫誤客看花."[172] 可謂重

---

170) 진습암陳習庵(1197-1241): 송대 문인인 진훈陳塤(1197-1241)의 호가 '습암'이다.

171) 학포學圃: 종자를 심는 등, 농사짓는 법을 배우다. 이 두 글자 앞에 '전塡'이 붙어 있는 판본도 있는데, 사패詞牌가 아니기 때문에 '전'자를 붙

本而知山林味矣. 仆春日渡湖[173], 訪薛[174]獨庵[175]. 遂留飲, 供春盤[176], 偶得詩云, "教童收取春盤去, 城市如今菜色多." 非薄菜也, 以其有所感, 而不忍下箸也. 薛曰, "昔人贊菜, 有云'可使士大夫知此味, 不可使斯民有此色'[177], 詩與文雖不同, 而愛菜之意無以異." 一日, 山妻煮油菜羹, 自以爲佳品. 偶鄭渭濱師呂[178]至, 供之, 乃曰, "予有一方爲獻, 只用蒔蘿·茴香·薑·椒爲末, 貯以葫蘆, 候煮菜少沸, 乃與熟油[179]·醬同下, 急覆之, 而滿山已香矣." 試之果然, 名'滿山香'. 比聞湯將軍孝信[180]嗜盦[181]菜, 不用水, 只以油炒, 候得汁出, 和以醬料盦熟, 自謂香品過於禁臠[182]. 湯, 武士也, 而不嗜殺, 異哉.

이기엔 부적절하다. 『사고전서四庫全書·설부說郛』에 따라 '전'자를 생략하였다.

172) 이 두 구만이 전해지고 있다.

173) 호湖: 어느 지역의 호수인지 알기 어렵다.

174) 설薛: '설雪'로 된 판본도 있으나 『사고전서四庫全書·설부說郛』에 따라 '설薛'로 두었다. 누구인지 찾지 못하였다.

175) 독암獨庵: 설씨의 주거지인 듯한데 확실하지 않다.

176) 춘반春盤: 입춘에 먹는 음식으로서, 접시에 춘병春餠, 부추와 미나리 등, 봄에 나는 생채소를 담고, 춘병에 채소를 넣어 싸서 먹는다.

177) 가사사대부지차미可使士大夫知此味, 불가사사민유차색不可使斯民有此色: 나대경羅大經의 『학림옥로鶴林玉露·논채論菜』에 유사한 글귀가 보인다. 백성들이 제대로 먹지 못해 얼굴색이 푸르딩딩한 채소 빛이 나도록 하는 것은 위정자로서의 도리가 아니라는 의미이다.

178) 정위빈사려鄭渭濱師呂: 누구인지 찾지 못하여 '정씨'로 풀었다.

179) 숙유熟油: (상) 8. 산가삼취山家三脆의 주석 참조.

180) 탕장군효신湯將軍孝信: 남송대 대장군인 탕효신.

181) 암盦: 덮다. 어떤 재료를 다른 재료 위에 얹어서 뜸을 들여 익히는 방법을 말한다. (하) 9. 옥정반玉井飯 주석 참조.

182) 금련禁臠: 황제만 먹을 수 있는 가장 맛있는 고기.

28. 주자옥심酒煮玉蕈

술을 넣고 끓인 신선한 버섯.

1) 재료

• 버섯, 술, 죽순.

2) 조리법

① 신선한 버섯을 깨끗이 씻어서 적은 물에 끓인다.

② ①이 조금 익었을 때 좋은 술을 넣고 끓인다.

③ 죽순을 곁들여도 좋다.

3) 원문

신선한 버섯을 깨끗이 씻어서 적은 물에 끓인다. 조금 익었을 때 좋은 술을 넣고 끓인다. 혹은 임장의 녹죽순을 곁들여 먹으면 더욱 좋다. 시추의 「옥 같은 버섯」 시에서 "요행히 썩은 나무에서 돋아나, 감히 치아에 의해 어우러지네. 진실로 산림의 맛을 가졌기에, 세속에게 알도록 하기 어렵네. 향기의 흔적이 옥 같은 이파리 위에 떠다니고, 생생한 기운이 옥 같은 가지에 가득하다네. 식탐 많은 배에게는 얼마나 다행한 일인가! 서로 술잔을 주고받다 보니 시만 남았다네."라 하였다. 지금 후원에서는 연유를 가지고 굽는 경우가 많은데 그 풍미가 더욱 좋다.

鮮蕈淨洗, 約水煮. 少熟, 乃以好酒煮. 或佐以臨漳[183]綠竹筍, 尤佳. 施芸隱樞[184]「玉蕈」詩云, "幸從腐木出, 敢被齒牙和. 眞有山林味, 難教世俗知. 香痕浮玉葉, 生意滿瓊枝. 饕腹何多幸, 相酬獨有詩." 今後苑[185]多用酥灸, 其風味尤不淺也.

183) 임장臨漳: 하북河北의 한단邯鄲 지역.

184) 시운은추施芸隱樞: 송 이종理宗 때(1235년 즈음)에 살았던 문인으로서 그의 호가 '운은芸隱'이고 이름이 '추樞'이다.

185) 후원後苑: 남송 황궁의 주방. (하) 50. 모란생채牡丹生菜의 내용을 근거로 추정하였다.

29. 압각갱鴨脚羹

오리발 모양 아욱으로 끓인 국.

1) 재료

• 아욱.

2) 조리법

① 뿌리를 다치지 않게끔 아욱 잎을 딴다.

② 이후의 조리법은 채소국을 끓일 때처럼 하면 된다.

3) 원문

아욱은 지금의 '촉규'와 유사하다. 풀무더기가 짧고 이파리가 크며, 해가 있는 곳으로 기울어지는 특성 때문에 성질이 따뜻하다. 그 음식 만드는 법은 채소국 만드는 것과 같다. 「빈풍·칠월」에서 '삶는다'고 했던 것이 바로 이것이다. 이것을 캘 때 뿌리를 다치지 않게 하면, 거듭 난다. 옛 시에서 그런 연유로 '아욱 딸 때 뿌리를 상하게 하지 말게, 뿌리를 다치면 아욱이 자라지 않는다네'라는 구가 있었던 것이다. 옛날에 공의휴가 노나라의 재상이 되었을 때, 그 처가 아욱을 심었는데 그것을 발견하고는 뽑아 버리며 "임금의 녹을 먹으면서도 백성들과 이익을 다투면 되겠는가?"라고 하였다. 요즈음에 병을 파는 자, 장을 파는 자, 전장을 운영하는 자, 약을 파는 자들이 온통 녹봉을 받는 자들이라, 아욱을 심는 선에서 그치지 않으니 백성들이 어찌 생계를 이어 나가랴!

백거이의 시에서 "녹봉으로 받는 쌀은 노루 이빨 모양 쌀이요, 뜰에 채소는 오리발 모양의 아욱이라네."라 하였는데 여기에서 따와서 이름을 지었다.

葵, 似今蜀葵[186]. 叢短而葉大, 以傾陽, 故性溫. 其法與羹菜同. 「豳風·七月」所烹者[187]是也. 采之不傷其根, 則復生. 古詩故有'采葵莫傷根, 傷根葵不生'[188]之句. 昔公儀休[189]相魯, 其妻植葵, 見而拔之曰, "食君之祿, 而與民爭利, 可乎?"[190] 今之賣餠·貨醬·貿錢[191]·市藥, 皆食祿者, 又不止植葵, 小民豈可活哉. 白居易詩云, "祿米麞牙稻, 園蔬鴨脚葵[192]."[193] 因名.

---

186) 촉규蜀葵: 보통 '접시꽃'으로 풀이한다.

187) 「빈풍·칠월」소팽자「豳風·七月」所烹者: 『시詩·빈풍·칠월』에 보면 "칠월에 아욱과 콩을 삶는다.(七月亨葵及菽)"라 하였다.

188) 위진魏晉시대의 고시이다.

189) 공의휴公儀休: 춘추시대 노나라 목공穆公 때의 재상인데 청렴함으로 유명하였다.

190) 공의휴가 아욱을 뽑아버린 이유는, 나라의 녹봉을 받는 집안에서 아욱까지 키워 먹으며 자급자족하게 되면, '백성들은 농사지은 것을 어디에 가서 팔아, 먹고 살 수 있겠는가'라는 데에 있다. 같은 의도로, 공의휴는 아내가 베를 짜는 것도 하지 못하게 하였다.

191) 무전貿錢: 사적으로 돈을 빌려주고 맡아주기도 했던, '전장錢庄'을 운영하는 것을 말한다.

192) 규葵: 임홍의 원문에는 '갱羹'으로 되어 있으나, 시 원문에는 '규葵'로 되어 있어 고쳤다.

193) 백거이의 「관사에서 한가하여 쓰다官舍閑題」 중 제5, 6구이다.

30. 석류분石榴粉(은사갱부銀絲羹附)

석류알 같이 만든 연근이 들어간 국
(익힌 죽순을 은빛 실처럼 만들어 넣은 국)

1) 재료

석류분

- 연근, 매수, 연지, 녹두 전분, 닭국물.

은사갱

- 익힌 죽순, 녹두 전분.

2) 조리법

석류분

① 연근을 작은 덩어리로 잘라 놓는다.

② ①을 사기그릇 안에서 마찰시켜 약간 둥근 모양으로 만든다.

③ 매수와 연지를 섞은 것으로 ②에 색을 들인다.

④ ③에 녹두 전분 갠 것을 묻힌다.

⑤ ④와 닭국물을 넣어 끓이면 알알이 석류알처럼 완성된다.

은사갱

① 익힌 죽순을 가는 실처럼 채쳐서 녹두 전분을 갠 것과 섞은 후 국으로 끓인다.

3) 원문

연근을 작은 덩어리로 잘라 놓은 후, 사기그릇 안에서 마찰시켜 약간 둥근 모양으로 만들고, 매수와 연지를 섞은 것으로 물을 들인다. 녹두 전분을 개어 연근에 묻힌 후, 닭국물을 넣어 끓이면 완연히 석류알과 같은 형상이 된다. 또, 익힌 죽순을 가는 실처럼 채쳐서 전분과 함께 끓일 수도 있는데 '은빛 실이 들어간 국'이라 이름한다. 이 두 가지 조리법은 상응하여 만들어지는 것 같기에 함께 기록한다.

藕截細塊, 砂器內擦稍圓, 用梅水[194]同胭脂染色. 調綠豆粉拌之, 入鷄汁煮, 宛如石榴子狀. 又, 用熟筍細絲, 亦和以粉煮, 名'銀絲羹'. 此二法恐相因而成之者, 故竝存.

---

194) 매수梅水: (하) 13. 앵도전櫻桃煎의 주석 참조.

31. 광한고廣寒糕

계수나무꽃으로 만들어, 과거 급제를 기원하는 떡.

1) 재료

• 계수나무꽃, 감초물, 쌀.

2) 조리법

① 계수나무꽃을 따서 푸른 꽃받침을 제거하고 감초물을 뿌려놓는다.
② ①을 쌀과 함께 찧어서 가루로 만든 후 떡으로 만든다.

3) 원문

계수나무꽃을 따서 푸른 꽃받침을 제거하고 감초물을 뿌려놓았다가 쌀과 함께 찧어서 가루로 만들어 떡으로 만든다. 향시가 치러지는 해에는 사우들이 모두 떡을 만들어 서로 증정하였는데 '광한궁의 계수나무를 따서 높은 등수로 급제하다'라는 조짐을 취하고자 한 것이다. 또, 꽃을 따서 대충 쪄서, 햇볕에 말려 향을 만들어 놓았다가, 시를 읊고 술을 마시는 때에 오래된 솥에다 넣고 그것을 사르면 맑은 풍취가 더하게 된다. 동용사우의 시에서 "꽃병에 맑은 기운이 시흥을 자극하고, 오랜 솥에 남은 꽃잎이 술 향기를 에두르네."라 하였는데 이 꽃의 흥취를 이야기하였다고 하겠다.

采桂英, 去青蒂, 灑以甘草水, 和米舂粉, 炊作糕. 大比[195]歲, 士友咸作餅子相饋, 取'廣寒高甲'[196]之讖. 又有采花略蒸, 暴乾作香者, 吟邊酒裏, 以古鼎燃之, 尤有淸意. 童用師禹[197]詩云, "膽甁[198]淸氣撩詩興, 古鼎餘葩暈酒香." 可謂此花之趣也.

---

195) 대비大比: 3년마다 치러졌던 향시鄕試를 '대비'라고 불렀다.

196) 광한고갑廣寒高甲: 광한궁廣寒宮은 달을 가리키고, 광한궁에 있는 계수나무를 꺾는 것[절계折桂]은 과거에 급제하는 것을 가리킨다. 따라서 '광한고갑'은 광한궁에 있는 계수나무를 꺾어 과거에 급제하되, 높은 등수로 급제[고갑高甲]하라는 뜻이다.

197) 동용사우童用師禹: 이 부분은 판본별로 글자의 차이가 있는데, 누구인지 찾지 못하였다.

198) 담병膽甁: 목이 가늘고 몸이 둥글게 생긴 꽃병.

32. 하지죽河祇[199]粥

말린 생선을 넣고 끓인 죽.

1) 재료

• 말린 생선, 쌀죽 혹은 두부, 장, 후추.

2) 조리법

① 건어물을 물에 담가 씻어서 가늘게 잘라둔다.

② ①을 쌀죽(혹은 두부)과 함께 끓이다가 장을 넣고 후추를 더한다.

3) 원문

『예기』에서 "생선을 말린 것을 '고'라고 이른다."라 하였다. 고시에 '단술을 따르고 말린 고기를 굽는다'라는 구가 있다. 남쪽 사람들은 '건어물'이라고 부르는데, 재에 묻어 구워 먹는 경우가 많지, 죽을 만들어 먹는 경우는 드물다. 근래에 천태산에 놀러 갔는데, 건어물을 물에 담가 씻고 가늘게 잘라서 쌀죽과 섞고, 장을 넣고 후추를 첨가하는 음식이 있었는데, 두풍을 낫게 함이 진림의 격문보다 낫다고 말하였다. 또한 두부와 섞어서 만드는 경우도 있다. 『계척집』에서 "무이군이 하지포를 먹었는데, 말린 생선이었다."라고 하였는데, 이에서 비롯하여 이름을 지었다.

199) 지祇: 『사고전서四庫全書 · 설부說郛』에는 '추樞'로 되어 있다.

『禮記』, "魚乾曰薧."[200] 古詩有'酌醴焚枯'[201]之句. 南人謂之鮝, 多煨食, 罕有造粥者. 比遊天台山, 有取乾魚浸洗, 細截, 同米粥, 入醬料, 加胡椒, 言能愈頭風, 過於陳琳之檄[202]. 亦有雜豆腐爲之者. 『雞跖集』[203]云, "武夷君[204]食河祇脯, 乾魚也." 因名之.

---

200) 『본초석명本草釋名』에서 "절인 어물은, 『예기』에서 '고'라고 하였다.(鮑魚, 『禮記』謂之薧)"고 했다.

201) 삼국시대 응거應璩의 「백일시百一詩」에 "단술을 따르고 말린 생선 굽네.(酌醴焚枯魚)"라는 구가 있다.

202) 진림지격陳琳之檄: 진림의 격문. 조조曹操가 두풍에 시달리고 있을 때, 진림이 격문의 초를 잡아 올렸다. 조조가 누워서 이것을 읽고는 기뻐서 일어나며 '이것이 내 병을 낫게 하는구나'라고 했다고 한다.

203) 『계척집雞跖集』: 송대 문인인 송기宋祁(998-1061)가 지은 필기소설이다.

204) 무이군武夷君: 무이산武夷山에 산다는 신선.

33. 송옥松玉

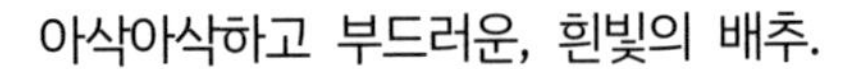

아삭아삭하고 부드러운, 흰빛의 배추.

1) 재료

- 배추.

2) 조리법

- 조리법 소개 없음.

3) 원문

문혜태자가 주옹에게 묻기를, “어느 채소가 가장 나은가?”라 하였다. 주옹이 “초봄에 나는 햇부추와 늦가을에 나는 늦배추입니다.”라 했다. 그런데 배추에는 세 가지 종류가 있는데 옥보다 흰 것은 매우 아삭아삭하고 연하고, 색이 약간 푸른 것은 풍미가 전혀 없다. 이 때문에 그 흰 것을 과장하여 ‘송옥’이라 부르나니, 이 또한 세상에서 먹을 줄 아는 자들이 선택하게끔 하고 싶다.

文惠太子[205]問周顒[206]曰, “何菜爲最?” 顒曰, “春初早韭, 秋末晚菘.” 然菘有三種, 惟白於玉者甚松脆, 如色稍靑者, 絕無風味. 因侈其白者曰‘松玉’, 亦欲世之食者有所取擇也.

---

205) 문혜태자文惠太子: 남제南齊의 태자였던 소장무蕭長懋(458-493).

206) 주옹周顒: 유송劉宋과 남제 시대에 걸쳐 활동했던 문인.

34. 뇌공율雷公[207]

철솥에 넣어 우레 소리로 익은 정도를 가늠하며 만든 군밤.

1) 재료

- 밤, 기름, 물.

2) 조리법

① 밤 한 개는 기름에 담그고 다른 밤 한 개는 물에 담갔다가 철솥 안에 놓는다.

② ①의 위에 47개의 밤을 빽빽하게 덮고 뚜껑을 덮는다.

③ 숯불로 ②를 가열하는데, 밤이 튀면서 나는 우레소리로 익은 정도를 가늠하면 된다.

3) 원문

밤에 화롯가에서 책을 읽다가 지루해질 때면 매번 밤을 구워 먹고 싶어지지만, 늘 담요를 태울까 하는 걱정을 하게 된다. 하루는 역봉진을 만났는데 "오로지 밤 한 개만 기름에 담그고, 다른 밤 한 개는 물에 담갔다가, 철솥 안에 넣은 후, 47개의 밤을 그 위에 빽빽하게 덮는다오. 숯불로 그것을 익히며 우레 소리로 익은 정도를 가늠하면 되지요."라

207) 뇌공雷公: 천둥과 번개를 일으키는 일을 맡은 신. 철솥 안에서 밤이 익을 때 우레 소리를 내면서 튀기 때문에 이 군밤의 이름에 '뇌공'을 넣은 것이다.

하였다. 우연히 어느 날에 함께 술을 마시다가 그것을 시험해보니 과연 그러한데, 모래에 볶은 것보다도 맛이 좋았다. 비록 밤의 개수가 그에 미치지 못할지라도 이렇게 만들 만하다.

夜爐書倦, 每欲煨栗, 必慮其燒氈之患. 一日見酈逢辰[208]曰 : "只用一栗醮[209]油, 一栗蘸水, 置鐵銚內, 以四十七栗密覆其上. 用炭火燃之, 候雷聲爲度." 偶一日同飮, 試之果然, 且勝於沙炒者. 雖不及數, 亦可矣.

---

208) 견역봉진見酈逢辰: 이 부분은 판본 간에 글자의 차이가 큰데 『사고전서四庫全書·설부說郛』에 따라 '견역봉진見酈逢辰'으로 두었다. 다만 '역봉진酈逢辰'이 누구인지는 찾지 못하였다.

209) 잠醮: 담그다.

35. 동파두부東坡豆腐

비자 열매 알맹이와 장을 넣어 끓이거나, 혹은 술만 넣어 끓인 두부.

1) 재료

방법1

- 두부, 파기름, 비자 열매 알맹이, 장.

방법2

- 두부, 술.

2) 조리법

방법1

① 두부는 파기름에 지져놓는다.

② 비자 열매 알맹이 10~20개는 갈아서 장과 함께 섞는다.

③ ①에 ②를 넣고 함께 끓인다.

방법2

① 두부에 술만 넣고 끓인다.

3) 원문

두부는 파기름에 지져놓는다. 비자 열매 알맹이 10~20개는 갈아서 장과 함께 섞은 후 다 함께 끓인다. 다른 방법으로는 순전히 술로만 끓이는 것이다. 모두 유익하다.

豆腐, 蔥油煎. 用研榧子一二十枚, 和醬料同煮. 又方, 純以酒煮. 俱有益也.

36. 벽통주碧筒酒

연잎을 푸른 술통[벽통碧筒]으로 삼아서 연잎 향을 배게 한 술.

1) 재료

- 연잎, 술, 삭힌 생선.

2) 조리법

① 연잎에 술을 부어 묶어 놓는다.

② 다른 연잎에 삭힌 생선을 싸 놓는다.

③ 약간의 시간이 지난 후에 ①과 ②를 먹으면 된다.

3) 원문

여름에 손님으로 하여금 연이 심어진 호수에 배를 띄우게 할 때, 먼저 연잎에 술을 넣고 묶어두고, 또 다른 이파리 안에는 삭힌 생선을 싸 놓고서, 배를 돌릴 때를 기다린다. 바람이 향기롭고 햇살이 따가울 때쯤이면 술에는 향기가 배고 생선은 숙성되므로, 각자 술과 삭힌 생선을 먹으면 정말 만족스럽다. 동파가 "푸른 술통은 즉석에서 코끼리 코처럼 휜 것으로 만들었기에, 백주는 연잎의 쌉싸름함을 은은하게 띠고 있네."라 하였다. 동파가 항주에 있을 때 누차 이것을 만들어 대접하려고 하였다.

暑月，命客泛舟蓮蕩[210]中，先以酒入荷葉束之[211]，又包魚鮓他葉內，俟舟回. 風薰日熾，酒香魚熟，各取酒及鮓，眞佳適也. 坡[212]云，

"碧筒時作象鼻彎[213], 白酒微帶荷心苦."[214] 坡守杭時, 想屢作此供用.

210) 연탕蓮蕩: 연이 심어진 얕은 호수.

211) 이주입하엽속지以酒入荷葉束之: 연잎에 술을 넣은 후 묶어둔다는 것이다. 소식의 시와 주석 등을 참고하면 다음과 같이 술을 먹었던 것으로 생각된다. 먼저 연잎을 줄기가 붙어 있는 상태로 딴다. 그 후, 연잎과 연잎 줄기의 연결 부위를 바늘로 찔러 구멍을 내어 연잎과 줄기가 서로 통하게 한다. 연잎 줄기 속에는 원래 비어 있는 통로가 있기 때문에 빨대 역할을 할 수 있다. 연잎을 그릇에 놓고 술을 부은 후 이파리를 오므려 묶어둔다. 술을 마실 때에는 연 줄기를 빨대로 삼아 빨아 먹으면 연잎에 싸여진, 연잎 향이 밴 술을 마실 수 있다. 소식은 이 모양이 코끼리의 코와 같다고 비유하였다.

212) 파坡: 북송의 문인 소식蘇軾, 즉 소동파蘇東坡를 가리킨다.

213) 상비만象鼻彎: 코끼리 코처럼 휘다. 줄기가 붙어 있는 연잎을 비유한 표현이다.

214) 소식의 「성의 남쪽에 배를 띄우는데 모인 사람이 다섯 명이었다. 운을 나누어 시를 짓는데, '사람들이 모두 폭염에 고생한다[인개고염]'의 넉 자를 얻었다泛舟城南, 会者五人. 分韵赋诗, 得'人皆苦炎'字」에 나오는 구절이다.

37. 앵유어罌乳魚

양귀비 씨에서 짜낸 즙으로 만든 음식.

1) 재료

• 양귀비 씨앗, 전분, 소분피, 연한 식초, 홍국.

2) 조리법

① 양귀비 씨앗은 깨끗이 씻은 후 갈아서 즙을 낸다.
② 전분을 항아리 바닥에 깔아둔다.
③ 견 주머니로 ①을 걸러 ②의 항아리에 넣는다.
④ ③을 가라앉혀서, 위에 뜨는 맑은 물은 버린다.
⑤ 솥에 ④를 넣고 약간 끓으면 재빨리 연한 식초를 뿌려서 뭉치는 것들을 거둔다.
⑥ ⑤를 주머니에 넣고 눌러서 단단한 덩어리로 만든다.
⑦ 소분피를 시루 안에 깔고 ⑥을 넣어 익힌다.
⑧ ⑦에 홍국 물을 대충 뿌린 후 약간 더 쪄서 끄집어낸다.
⑨ ⑧을 어편처럼 잘라 먹는다.

3) 원문

양귀비 씨앗은 깨끗이 씻어서 갈아서 즙을 낸다. 먼저 전분을 항아리 바닥에 깔아두고, 견 주머니로 양귀비 씨앗 즙을 걸러 항아리에 넣어둔다. 위에 뜨는 맑은 물은 버리고, 솥에 넣어 약간 끓으면, 재빨리 연한 식초를 뿌려서 뭉치는 것들을 거두고, (이것을) 다시 주머니에 넣고 눌러서 덩어리를 만든다. 또 소분피를 시루 안에 깔고 만들어 놓은 덩어리들을 넣어 쪄서 익힌다. 홍국 물을 대충 뿌린 후, 또 한 번 약간 찌고 끄집어낸다. 어편처럼 잘라 먹기에 '양귀비 씨앗 즙으로 만든 생선'이라 이름한다.

罌中粟[215]淨洗, 磨乳. 先以小粉[216]置缸底, 用絹囊濾乳下之. 去清, 入釜, 稍沸, 亟灑淡醋收聚, 仍入囊, 壓成塊. 仍小粉皮[217]鋪甑內, 下乳蒸熟. 略以紅麴[218]水灑, 又少蒸取出. 切作魚片, 名'罌乳魚'.

---

215) 앵중속罌中粟: 앵속罌粟, 즉 양귀비. 여기서는 그 씨앗을 가리키는 듯하다.

216) 소분小粉: 전분.

217) 소분피小粉皮: 전분을 물에 개서 익힌 다음 굳힌 음식으로서, 우리나라의 '묵'과 유사하다.

218) 홍국紅麴: 누룩의 한 종류.

38. 승육勝肉[219]

고기보다 맛이 좋은, 죽순과 버섯을 넣어 만든 협자.

1) 재료

- 죽순, 버섯, 잣, 호두, 기름, 장, 향료, 밀가루.

2) 조리법

① 죽순과 버섯을 데쳐서 함께 잘라둔다.

② ①에 잣과 호두를 넣고, 기름, 장, 향료를 섞는다.

③ 밀가루 반죽을 해서 ②를 소로 넣어 협자를 만든다.

3) 원문

죽순과 버섯을 데쳐서 함께 잘라두고, 잣과 호두를 넣은 후, 기름, 장, 향료와 섞는다. 밀가루 반죽을 해서 협자를 만든다. 버섯에 독이 있는지 시험하는 방법이 있는데, 생강 여러 조각과 함께 버섯을 끓였을 때 색이 변하지 않으면 먹을 수 있는 버섯이다.

焯筍·蕈, 同截, 入松子·胡桃, 和以油·醬·香料. 搜麵[220]作餗

---

219) 승육勝肉: 이 음식의 이름을 직역하면 '고기보다 낫다'이다. 즉, 고기 소를 넣은 협자에 비하여 죽순과 버섯을 넣은 협자의 맛이 더 낫다라는 의미일 것이다.

220) 수면搜麵: 밀가루를 반죽하다.

子[221]. 試蕈之法, 薑數片同煮, 色不變, 可食矣.

221) 협자餗子: 소를 넣은 병餠의 일종으로 생각된다.

39. 목어자木魚子

종려나무 꽃으로 만든 저장 음식.

1) 재료

• 종려나무 꽃, 꿀, 식초.

2) 조리법

① 종려나무 꽃턱잎 등을 벗기고, 쪄서 익힌다.

② 꿀을 넣어 끓이고 식초에 담그면 변질 없이 저장이 가능하다.

3) 원문

동파의 시에 "그대에게 목어 삼백 마리를 드리나니, 가운데에 연노랑 빛깔의 목어 알이 있다네."라 하였다. 봄에 종려나무 꽃을 벗겨내고 쪄서 익히는데, 죽순을 익히는 것과 방법이 같다. 꿀을 넣어 끓이고 식초에 담그면 천 리 멀리까지도 가져갈 수 있다. 촉 지방 사람들이 대접할 때 이것을 많이 쓴다.

坡詩云, "贈君木魚[222]三百尾, 中有鵝黃木魚子[223]."[224] 春時, 剝[225]

---

222) 목어木魚: 종려나무의 화포花苞. 종려나무 꽃은 잎 사이에서 굵은 꽃줄기가 나오고, 그 꽃줄기 둘레에 여러 개의 황백색 꽃이 이삭 모양으로 핀다. 꽃 아래에는 커다란 꽃턱잎[화포花苞]이 달려 있다. 이러한 종려나무 꽃의 형태가 마치 물고기 모양이기 때문에 '어魚'를 넣어 표현한 것이며, 중국 음식의 재료로 사용한다.

椶魚[226]蒸熟, 與筍同法. 蜜煮酢浸, 可致千里. 蜀人供物多用之.

223) 목어자木魚子: 종려나무 꽃은 꽃줄기 둘레에서 곡식 이삭 모양으로 피어나기 때문에 마치 '물고기 알[어자魚子]'의 형상과도 비슷하다.

224) 소식의 「종순椶筍」 시이다.

225) 박剝: 벗겨내다. 이 표현으로 볼 때 종려나무 꽃턱잎 등을 벗겨내는 것이라 생각된다.

226) 종어椶魚: 위의 '목어'와 의미가 같다.

40. 자애도自愛淘[227]

스스로를 귀하게 여기기에 먹는 국수.

1) 재료

- 파기름, 식초, 당, 장, 국수. 두부, 유병.

2) 조리법

① 파기름을 볶은 후, 식초, 당, 장을 섞어 양념장을 만든다.

② 국수를 삶고 물에 씻은 후 그릇에 사려놓고 ①을 곁들인다. 혹은 두부와 유병을 첨가하기도 한다.

③ ②와 함께 뜨거운 면수를 한 잔 내놓는다.

3) 원문

파기름을 볶은 후, 순전히 식초 몇 방울에 당, 장을 섞어 양념장을 만든다. 혹은 두부와 유병을 첨가하기도 한다. 면이 익기를 기다렸다가 물에 씻어내고, 국수를 그릇에 사려놓고 대접하면 진실로 하나의 보약이다. 먹을 때, 반드시 뜨거운 면수를 한 잔 내놓는다.

炒葱油, 用純滴醋[228]和糖・醬作齏[229]. 或加以豆腐及乳餠. 候麵

227) 도淘: (상) 12. 괴엽도槐葉淘의 주석 참조. '자애도'에서는 밀가루에 어떤 채소즙을 넣어 섞었는지에 대해서는 설명이 나오지 않는다.

228) 순적초純滴醋: 식초의 명칭인지, 혹은 '순전히 몇 방울의 식초'를 의미하

熟, 過水, 作茵[230]供食, 眞一補藥也. 食, 須下熱麵湯[231]一杯.

는지 알기 어렵다. 여기서는 뒤의 의미로 풀었다.

229) 제齏: 여러 양념과 채소들을 다져서 혼합해 만든 양념장.

230) 인茵: (상) 12. 괴엽도槐葉淘의 주석 참조.

231) 면탕麵湯: 면수.

41. 망우제忘憂齏

근심을 잊게 하는 원추리가 들어간 양념장.

1) 재료

- 원추리, 간장, 식초.

2) 조리법

① 봄에 싹을 따서 뜨거운 물에 데친다.

② ①을 다지고 간장, 약간의 식초로 양념장을 만든다.

3) 원문

혜강이 말하길, "합환목은 분노를 제거해주고, 원추리는 근심을 잊게 한다."고 했다. 최표는 『고금주』에서 "단극은 '녹총'이라고도 이름한다."고 했다. 봄에 싹을 캐서 뜨거운 물에 데친 후, 간장과 약간의 식초로 양념장을 만드는데, 혹은 고기와 함께 조리하기도 한다. 하처순이 재상을 맡고 있을 때, 이것을 많이 먹었다. 아마도 변방의 일이 안정되지 않아서 근심을 잊지 못한 것이 아니겠는가? 인하여 그에 찬하여 말하길, "봄날 해가 비칠 때, 당에서 원추리를 캐네. 세상이 즐거워지나니, 근심이 곧 잊혀지리."라 했다.

嵇康云, "合歡[232]蠲忿, 萱草忘憂."[233] 崔豹『古今注』則曰, "丹棘, 又名鹿葱."[234] 春采苗, 湯焯過, 以醬油·滴醋作爲齏[235], 或燥以肉[236]. 何處順[237]宰六合[238]時, 多食此. 毋乃以邊事未寧, 而憂未忘耶. 因贊之曰, "春日載陽, 采萱於堂. 天下樂兮, 憂乃忘."[239]

---

232) 합환合歡: 합환목. 진晋 최표崔豹의 『고금주古今注 · 초목草木』에서 "합환수는 오동나무와 유사한데, 가지와 잎이 번다하고 서로 얽혀 있다. 바람이 불어오면 때 곧바로 스스로 풀어지니 끝내 서로 얽히지 않게 된다. 그것을 층계 앞 뜰에 심으면 사람으로 하여금 분노하지 않게 한다. 혜강이 집 앞에 그것을 심었다.(合歡樹似梧桐, 枝葉繁, 互相交結. 風來輒自解, 了不相牽綴. 樹之階庭, 使人不忿. 嵇康種之舍前)"고 했다.

233) 혜강의 「양생론養生論」에 나오는 구절이다.

234) '훤초萱草', 즉 원추리에 대한 설명이다.

235) 제齏: (하) 40. 자애도自愛淘의 주석 참조. 여기서의 '제齏'를 '제虀'로 보아 절인 채소로 번역하기도 한다.

236) 조이육燥以肉: 원래 '고기로 저미다'라는 뜻인데, '육조肉燥'가 잘게 썬 고기와 양념을 함께 볶아서 밥이나 국수에 곁들여 먹는 음식이므로 여기서는 원추리로 만든 양념장을 가지고 고기와 조리하다라고 풀었다.

237) 하처순何處順: 문맥으로 볼 때 인명으로 여겨지나 누구인지 찾지 못하였다.

238) 육합六合: 천하.

239) 춘일春日 이하 문장: 출처를 찾지 못하였다.

42. 취랑간脆琅玕[240]

아삭아삭 비취 빛깔의 와거 무침.

1) 재료

• 와거, 다진 생강, 소금, 당, 숙유, 식초.

2) 조리법

① 와거는 이파리와 껍데기를 정리하고 한 치 길이로 잘라서 끓는 물에 데친다.

② 다진 생강, 소금, 당, 숙유, 식초를 섞은 양념에 ①을 재운다.

3) 원문

와거는 이파리와 껍데기를 정리하고 한 치 길이로 잘라서 끓는 물에 데친 후, 다진 생강, 소금, 당, 숙유, 식초를 섞은 것으로 재우면, 매우 달고 아삭아삭하다. 두보가 이것을 심었는데 열흘이 지나도록 싹이 나지 않자, 잘라내면서 탄식하기를, 군자가 보잘 것 없는 녹을 얻고서 뜻을 이루지 못한 채 나아가지 못하나니, 지초와 난초가 가시나무와 구기자에게 곤혹을 당하는 것과 같다고 하였다. 이로써 시인이 입과 배를 봉양하려다가 (뜻대로 되지 않아서) 지은 것이 아니라 실로 감정이 일어

---

240) 랑간琅玕: 비취. 여기서는 비취 빛깔이 나는 와거를 비유하는 말로 보인다. 이 음식의 이름이 『사고전서四庫全書·설부說郛』에는 '낭간포琅玕脯'라 되어 있다.

서 쓴 것임을 알 수 있다.

萵苣[241]去葉皮, 寸切, 瀹以沸湯, 搗薑·鹽·糖·熟油·醋拌, 漬之, 頗甘脆. 杜甫種此, 旬不甲, 拆且歎, 君子得[242]微祿, 坎坷不進,[243] 猶芝蘭困荊杞[244]. 以是知詩人非有口腹之奉, 實有感而作也.

241) 와거萵苣: 와거. 보통 상추라고 번역하는데 중국의 상추는 품종도 다양할 뿐만 아니라 우리의 것과 모양이 유사하지 않은 경우도 많다.

242) 득得: 판본별로 글자의 차이가 있다.

243) 순불갑旬不甲……감가부진坎坷不進: 두보의 시 「와거를 심다種萵苣」의 서문에 보면, "20일이 지나도록 와거 싹은 트지 않고 비름만 파릇파릇 자랐다. 이때 군자가 혹 늦게나마 변변찮은 녹봉을 받으면서 뜻을 이루지 못한 채 나아가지 못함을 마음 아파하였다. 이에 이 시를 짓는다.(向二旬矣, 而苣不甲坼, 伊人莧青青. 傷時君子或晚得微祿, 坎坷不進. 因作此詩)"라 하였다.

244) 지란곤형기芝蘭困荊杞: 두보의 「와거를 심다」 시 원문에서 "지초와 난초를 둘러싸서 못살게 하는 것은, 많고 많은 번성한 가시나무와 구기자나무이구나.(擁塞敗芝蘭, 衆多盛荊杞)"라 한 것을 요약해서 인용한 것이라 생각된다.

43. 적장炙獐

노루 고기 구이.

1) 재료

- 노루 고기, 소금, 술, 향료, 양 지방.

2) 조리법

① 노루 고기를 크게 토막을 낸다.

② 소금, 술, 향료로 ①을 덮어둔다.

③ 양 지방을 구해 ②의 겉을 싼다.

④ 센 불에서 ③을 굽는다.

⑤ 다 구워지면 겉을 쌌던 양 지방 부분을 제거하고 고기를 먹는다.

3) 원문

『본초』에 따르면 가을이 지난 후에는 그 맛이 양고기보다 낫고, 도가에서는 '백포'로서 추천하며, 그 뼈는 장골주를 담글 수 있다고 했다. 요즈음에는 고기를 크게 토막을 낸 다음 소금, 술, 향료로 덮어 잠깐 두었다가, 양 지방을 구해 겉을 싸서, 센 불에 구워 익힌 후, 양 지방 부분을 제거해내고 그 고기를 먹는다. 큰 노루도 같은 방법으로 조리한다.

『本草』, 秋後其味勝羊, 道家羞爲白脯[245], 其骨可爲獐骨酒.[246] 今, 作大臠, 用鹽·酒·香料淹少頃, 取羊脂包裹, 猛火炙熟, 擘去脂, 食其獐. 麂同法.

245) 백포白脯: 육포의 한 가지 종류.

246) 추후秋後……장골주獐骨酒: 『증류본초證類本草·장골獐骨』에서 "그 고기의 경우 8월 이후부터 11월 이전까지 그것을 먹으면 양고기보다 낫다. …… 도가에서는 노루고기를 백포로 추천하는데, 금기할 바가 없음을 말하는 것이다. 『당본초唐本草』에는 노루 뼈 술과 노루 골수 지짐이 나오는데 모두 기력이 떨어진 것을 보한다.(其肉自八月以後至十一月以前, 食之勝羊肉. …… 道家以獐鹿肉羞爲白脯, 言其無禁忌也. 唐方有獐骨酒及獐髓煎, 幷補下)"라 했다.

44. **당단삼**當團參

좋은 인삼을 대신할 수 있는 백편두.

1) 재료

- 백편두.

2) 조리법

① 백편두를 푹 익혀서 먹는다.

3) 원문

백편두를 북방 사람들은 '작두'라고 이름한다. 따뜻하고 독이 없으며 비위를 조화롭게 하고 기운을 내려준다. 푹 익히면 그 맛이 달다. 지금 갈천민의 시에서 '백편두를 푹 익혀서, 좋은 인삼을 대신하고자 하네'라 한 구를 취하여서 이 음식의 이름을 짓는다.

白扁豆[247], 北人名鵲豆. 溫無毒, 和中下氣[248]. 爛炊, 其味甘. 今取葛天民[249]詩云, '爛炊白扁豆, 便當紫團參'[250]之句, 因名之.

---

247) 백편두白扁豆: 우리나라에서는 흔히 '까치콩'이라고 부른다.

248) 화중하기和中下氣: 비위를 조화롭게 하고, 기운을 내려서 몸의 균형을 맞춰주다.

249) 갈천민葛天民: 송대의 문인.

250) 갈천민의 「백편두를 거두고 이에 두 수의 시를 짓다收白匾豆, 因得二首」에서 "이로 인해 백편두를 심었나니, 좋은 인삼을 대신하고자 함이네.(因栽白匾豆, 欲當紫團參)"라 하였다. 시 원문과 비교해볼 때 본문에 인용된 시문의 글자는 정확하지 않다.

45. 매화포梅花脯

산밤과 감람으로 만든 포.

1) 재료

• 산밤, 감람.

2) 조리법

① 산밤과 감람을 얇게 저며 말려서 함께 먹는다.

3) 원문

산밤과 감람을 얇게 저며서 함께 먹으면 매화의 풍미가 있기에 '매화포'라고 이름한다.

山栗·橄欖薄切, 同食, 有梅花風韻, 因名'梅花脯'.

46. 우미리牛尾狸

우미리 고기.

1) 재료

• 우미리, 청주, 산초, 파, 회향, 술지게미.

2) 조리법

① 우미리 껍질을 벗기고 내장을 꺼낸 후, 종이로 깨끗이 문지르고 청주로 씻는다.

② 산초, 파, 회향으로 속을 채우고 밀봉하여 쪄서 익힌다.

③ ②의 향료를 꺼낸 다음 하룻밤 묵혀두었다가 얇게 저며 먹는다.(종이에 술지게미와 싸서 묵혀두었다가 먹어도 좋다)

3) 원문

『본초』에서 '반점이 호랑이같은 것이 제일이요, 고양이 같은 것이 그 다음이다. 고기는 주로 치질을 치료한다'라 하였다. 조리하는 방법은, 껍질을 벗기고 내장을 꺼낸 후, 종이로 깨끗이 문지르고 청주로 씻는다. 산초, 파, 회향을 그 속에 채워 넣고 밀봉하여 쪄서 익힌다. 향료를 꺼낸 다음 하룻밤 묵혀놓았다가 옥 조각처럼 얇게 저민다. 눈 오는 날 화롯가에서 시를 논하고 술을 마실 때 진실로 특별한 음식이 될 것이다. 그래서 동파가 '눈 내리는 날 우미리'를 읊은 시를 썼던 것이다. 혹은 종이에 싸서 술지게미에 재워 하룻밤 묵히면 더욱 좋다. 양성재는 시에서 "호공의 운치는 얼음과 옥 같은 살보다 낫지만, 자는 아직 알려지지 못했고 이름은 '계리'라 하네. (우미리는) 제나라 장군을 잘못 따라갔다가는 소꼬리인줄 알고 꼬리에 불이 붙을 테고, 공훈을 세워 '조구자'로 봉해질 테지."라 하였다. 남쪽 사람들은 혹 날고기로 만들기도 한다. 형상이 누런 개 같으면서 코가 뾰족하고 꼬리가 큰 것은 여우이다. 그 성질 또한 따뜻하고 풍질을 제거하고 피로함을 덜어준다. 납월에 쓸개를 취해두었다가, 급사하게 된 사람에게 따뜻한 물로 (쓸개를) 타서 목구멍으로 흘려 보내주면 즉시 낫는다.

『本草』, '斑如虎者最, 如猫者次之. 肉主療痔病.'[251] 法, 去皮, 取腸脏, 用紙揩淨, 以淸酒洗. 入椒·葱·茴香於其內, 縫密, 蒸熟. 去料物, 壓宿, 薄片切如玉. 雪天爐畔, 論詩飮酒, 眞奇物也. 故東坡有'雪天牛尾'[252]之詠. 或紙裹糟一宿, 尤佳. 楊誠齋詩云, "狐公[253]韻勝冰玉肌[254], 字則未聞名季狸[255]. 誤隨齊相燧牛尾[256], 策勳封作糟丘子[257])

---

251) 이 부분은 『증류본초證類本草·리狸』에서 '리狸'를 설명한 내용을 발췌, 요약한 것이지, '우미리牛尾狸'만을 설명하는 부분이 아니므로 혼동하면 안 된다.

252) 소식의 「서사군께 우미리를 보내며送牛尾狸與徐使君」의 자주自註에서 "이때 큰 눈이 내렸다.(時大雪中)"라 하였다.

253) 호공狐公: 여우.

254) 빙옥기冰玉肌: 소식의 「서사군께 우미리를 보내며」에서 "다정스럽게도 보내어 섬섬옥수를 번거롭게 할 터이니, 저를 위해 칼을 갈아 옥같은 살을 베주시게.(殷勤送去煩纖手, 爲我磨刀削玉肌)"라고 하였다. 이로 보아 '빙옥기'는 우미리의 살을 비유한 표현이다.

255) 계리季狸: 고신씨高辛氏의 뛰어난 여덟 아들, 즉 팔원八元 중 한 명. 팔원은 모두 순임금을 보좌하였다고 한다. 여기서는 여우가 뛰어나다 하더라도 사람들에게는 '리狸'의 일종, 즉 '계리'로 불리울 뿐이니 우미리보다 못하다고 말한 듯하다.

."[258] 南人或以爲膾. 形如黃狗, 鼻尖而尾大者, 狐也. 其性亦溫, 可去風補勞. 臘月取膽, 凡暴亡者, 以溫水調灌之, 卽愈.

---

256) 이 부분은 우미리의 꼬리가 소꼬리와 유사하게 생겼다는 점에서 착안하여 전국시대 제나라의 장군이었던 전단田單의 일화와 연관지은 시구이다. 전단은 연燕나라에 거짓으로 항복한 후, 소에다가 용무늬를 그려 넣고 꼬리에다 기름을 묻힌 다음, 꼬리에 불을 붙여 적진으로 밀어 넣었다. 꼬리가 뜨거웠던 소들은 날뛰며 적진을 쑥대밭으로 만들기 시작했고, 연나라 군사들은 소가 용인줄 알고 혼비백산하여 도망하였다고 한다.

257) 조구자糟丘子: 술지게미가 언덕을 이루었다는 뜻으로, 술꾼을 가리킨다. 우미리가 술안주로 일품이고 해장에도 도움이 된다는 데서 착안한 것이라 생각된다.

258) 양만리楊萬里의 「우미리牛尾狸」 시 중 전반부 네 구이다.

47. 금옥갱金玉羹

금과 옥 같은 마와 밤을 양고기 국물에 넣어 끓인 국.

1) 재료

- 마, 밤, 양고기 국물, 조미료.

2) 조리법

① 마와 밤을 각각 편으로 저민다.

② 양고기 국물에 ①과 조미료를 더하여 끓인다.

3) 원문

마와 밤을 각각 편으로 저미고, 양고기 국물에 조미료를 더하여 끓이면, '금옥갱'이라고 이름한다.

山藥與栗各片截, 以羊汁加料煮, 名'金玉羹'.

48. 산자양山煮羊[259]

산에서 끓인 양고기.

1) 재료

• 양고기, 파, 산초, 살구씨 알맹이.

2) 조리법

① 양고기는 토막 내어 사기솥에 넣어둔다.

② 파와 산초, 살구씨 알맹이 몇 알을 넣고 센 불로 푹 끓인다.

3) 원문

양고기는 토막 내어 질솥에 넣어둔다. 파와 산초를 넣는 것 이외에 한 가지 비법이 있는데, 몽둥이로 살구씨 껍질을 까서, 알맹이를 몇 알 넣은 후 센 불로 그것을 끓이면, 뼈까지 물러지도록 할 수 있다. 매번 이 방법을 가지고서 한나라 때를 만나지 못한 것을 아까워하노니, 관내후 벼슬 하나쯤이야 말하기에 족하겠는가!

羊作臠, 置砂鍋內. 除蔥·椒外, 有一秘法, 只用槌眞杏仁數枚, 活火煮之, 至骨糜爛. 每惜此法不逢漢時, 一關內侯[260]何足道哉.

---

259) 『사고전서四庫全書·설부說郛』에는 이 음식의 이름이 '행자양杏煮羊'으로 되어 있다.

260) 관내후關內侯: 왕성 안에 거주하며 봉지가 따로 없는 작위. 보잘 것 없는

재주로 과분한 관직을 받는 것을 일컫는다. 동한 말에 조맹趙萌이 정치를 농단할 때, 보잘 것 없는 재주를 가진 사람들이 각종 관직을 받았는데 이때 백성들이 "부뚜막 아래서 봉양하면 중랑장 되고, 양 내장을 삶으면 기도위 되며, 양 머리 삶으면 관내후 된다네.(灶下養, 中郞將. 爛羊胃, 騎都尉. 爛羊頭, 關內侯)"라고 풍자하는 노래를 불렀다고 한다. 본문에서 임홍은, 만약에 조맹이 득세할 때 자신이 이 비법으로 양을 삶아 바쳤더라면 틀림없이 관내후 이상의 벼슬을 꿰찼을 거라며 해학적으로 이야기하였다.

49. 우방포牛蒡[261]脯

우엉포.

1) 재료

- 우엉, 소금, 장, 회향, 소회향, 생강, 산초, 숙유.

2) 조리법

① 초겨울 이후에 우엉 뿌리를 캐서 깨끗이 씻는다.

② ①의 껍질을 벗겨 적당히 끓인다.

③ ②를 방망이로 두드려서 평평하게 펴고 눌러서 말린다.

④ 소금, 장, 회향, 소회향, 생강, 산초, 숙유 등의 재료를 모두 갈아서 ③에다 붓고 하루, 이틀 정도 재운다.

⑤ ④를 약한 불에서 말린다.

3) 원문

초겨울 이후에 뿌리를 캐서 깨끗이 씻는다. 껍질을 벗겨 끓이되, 실수로 너무 많이 삶지 않도록 한다. 방망이로 두드려서 평평하게 펴고 말린 후, 소금, 장, 회향, 소회향, 생강, 산초, 숙유 등의 재료를 모두 갈아서 하루, 이틀 정도 재워놓았다가 약한 불에 말린다. 그것을 먹으면 마치 육포의 맛 같다. 죽순포와 연근포도 같은 방법으로 만든다.

---

261) 우방牛蒡: 우엉.

孟冬後, 采根, 淨洗. 去皮煮, 毋令失之過. 捶扁壓乾, 以鹽·醬·茴·蘿·薑·椒·熟油[262]諸料研, 浥一兩宿, 焙乾. 食之, 如肉脯之味. 筍與蓮脯同法.

262) 숙유熟油: (상) 8. 산가삼취山家三脆 주석 참조.

50. 모란생채牡丹生菜

모란을 곁들인 생채.

1) 재료

• 생채, 모란꽃(혹은 떨어진 매화), 고운 밀가루.

2) 조리법

생채

① 생채를 낼 때 모란꽃(혹은 떨어진 매화)을 곁들여 낸다.

꽃튀김

① 모란에 고운 밀가루를 입혀 튀겨낸다.

3) 원문

헌성황후는 청렴하고 검소한 것을 좋아하고 살생을 좋아하지 않았다. 매번 후원에서 생채를 올리게 하는데 반드시 모란꽃을 따서 어우러지게 하였다. 혹은 고운 밀가루를 사용해 모란꽃을 싸서 연유로 튀겨내기도 한다. 또한, 당시에는 버들솜을 거두어 신발, 양말, 요를 만드는 데에 사용할 정도로 성품이 공손하고 검소하였는데, 매번 생채를 내오게 할 때 반드시 매화 아래에서 떨어진 꽃을 취하여 섞어내도록 하였으니 그 향기는 알 만하다.

憲聖[263]喜淸儉, 不嗜殺. 每令後苑[264]進生菜, 必采牡丹瓣和之. 或用微麵[265]裹, 炸之以酥. 又, 時收楊花爲鞋·襪·褥之用, 性恭儉, 每至治生菜, 必於梅下取落花以雜之, 其香猶可知也.

263) 헌성憲聖: 송 고종高宗의 황후인 헌성황후(1115-1197)이다.

264) 후원後苑: 본문에서 '후원'이라는 단어가 여러 번 나왔다. 그런데 이 본문을 보면 황후가 음식을 올리라고 분부한 곳이 '후원'이므로, 결국 이곳이 황궁의 주방일 것이다.

265) 미면微麵: 고운 밀가루.

51. 불한제不寒虀266)

추위도 이길 수 있는 배추 절임.

1) 재료

• 면수, 배추, 생강, 산초, 회향, 소회향, 원래 만들어 놓았던 절임 채소 국물 한 잔, 매화.

2) 조리법

① 아주 맑은 면수에 배추를 잘라 넣는다.(매화를 한 움큼 넣을 수도 있다)

② ①에 생강, 산초, 회향, 소회향을 섞는다.

③ 만약 완전히 숙성시키고 싶다면 원래 담가 놓은 절임 채소 한 잔을 함께 섞으면 된다.

3) 원문

만드는 방법은, 극히 맑은 면수에 배추를 잘라 넣고, 생강, 산초, 회향, 소회향을 섞는다. 만약 완전히 숙성시키고 싶다면 원래 담가 놓은 절임 채소 한 잔을 함께 섞으면 된다. 또한 매화 한 움큼을 넣으면, '매화 절임'이라 이름한다.

---

266) 제虀: 절인 채소. '제齏'로 되어 있는 판본도 있으나 이 음식은 절임 음식이 분명하므로 『사고전서四庫全書 · 설부說郛』에 따라 '제虀'로 두었다.

法, 用極清麵湯[267], 截菘菜, 和薑·椒·茴·蘿. 欲極熟, 則以一杯元虀和之. 又入梅英一掬, 名'梅花虀'.

267) 청면탕淸麵湯: (상) 6. 빙호진氷壺珍의 '청면채탕淸麵菜湯' 관련 주석 참조.

52. 소성주빙素醒酒冰[268)]

술을 깨게 해주는 얼음같은 젤리.

1) 재료

• 경지채, 쌀뜨물, 매화, 생강, 오렌지.

2) 조리법

① 쌀뜨물에 경지채를 담가서 햇볕을 보인다.
② ①을 자주 뒤적여주며 흰색이 될 때를 기다린다.
③ ②를 씻어서 찧어 부순다.
④ ③을 푹 끓여서 경지채 건더기를 끄집어낸 후, 매화 10여 송이를 넣는다.
⑤ ④가 엉기면, 생강과 오렌지를 잘게 다져 양념을 만들어 함께 대접한다.

3) 원문

쌀뜨물에 경지채를 담가서 햇볕을 보인다. 자주 뒤적여주다가 흰색이 되면 씻어서, 찧어 부순다. 푹 끓여서 끄집어낸 후, 매화 10여 송이를 넣는다. 얼 때를 기다렸다가 생강과 오렌지를 잘게 다진 양념을 만들어 함께 대접한다.

---

268) 이 음식의 이름이 『사고전서四庫全書 · 설부說郛』에는 '성주채醒酒菜'로 되어 있다.

米泔[269]浸瓊芝菜[270], 曝以日. 頻攪, 候白洗, 搗爛. 熟煮取出, 投梅花十數瓣. 候凍, 薑·橙爲鱠齏[271]供.

---

269) 미감米泔: 쌀뜨물.

270) 경지채瓊芝菜: '석화채石花菜'라고도 하며 우뭇가사리 종류이다.

271) 회제鱠齏: 이 책의 본문에는 '숙제熟齏'라는 음식이 나온다. '숙'은 열에 익히거나 묵혀두는 것을 뜻하고, '제'는 여러 재료들을 잘게 다져서 만든 양념장을 뜻한다. 따라서 '숙제'는 식초와 장을 기본으로 하되 기타 재료들을 다져서 양념장을 만들어서 익히거나 숙성시킨 것이라 추정된다. 이와 달리 '회제鱠齏'에는 '날 것[회鱠]'을 뜻하는 단어가 들어가 있으므로 열을 가하지 않고 신선하게 먹는 양념장을 뜻한다고 생각된다.

53. 두황첨豆黃籤[272]

콩가루를 넣어 만든 국수.

1) 재료

• 콩가루로 만든 국수, 청개, 채심.

2) 조리법

① 콩가루로 만든 국수를 가늘게 뽑아서 사리지어 놓는다.

② ①을 햇볕에 말려서 저장해둔다.

③ ②를 청개 및 채심과 함께 끓인다.(다른 채소를 사용해도 된다)

3) 원문

콩가루로 만든 국수를 가늘게 뽑아서 사리지어 놓고, 햇볕에 말려서 저장해둔다. 청개 및 채심과 함께 끓이면 맛이 좋다. 다만 이 두 가지 채소는 천주에만 있는 것인데, 만약 다른 채소나 장즙을 사용해도 되긴 하지만 풍미가 약간 떨어질 뿐이다.

豆麵[273]細茵[274], 曝乾藏之. 青芥[275]·菜心[276]同煮爲佳. 第此二品,

---

272) 이 음식의 이름이 『사고전서四庫全書·설부說郛』에는 '두황갱豆黃羹'으로 되어 있다.

273) 두면豆麵: 콩을 갈아서 만든 가루, 혹은 그 가루로 만든 국수. 취앤저우泉州에는 지금도 '두황첨豆黃籤', 혹은 '두첨豆籤'이라고 부르는 특산 음식이 전해지고 있는데, 각종 콩을 갈아 만든 콩가루를 섞어 가느다란 면

獨泉[277]有之, 如止用他菜及醬汁亦可, 惟欠風韻耳.

을 뽑아 말려 놓았다가 육수, 각종 채소 및 해산물을 넣고 끓여 먹는다.

274) 인茵: (상) 12. 괴엽도槐葉淘의 주석 참조.

275) 청개靑芥: 겨잣과의 채소.

276) 채심菜心: 유채와 유사한 채소. 잎을 삶거나 기름에 볶아 먹는다.

277) 천泉: 현재의 푸젠성 취앤저우泉州.

54. 국묘전菊苗煎

국화 싹 지진 것.

1) 재료

• 국화 싹, 감초물, 마 가루, 기름.

2) 조리법

① 국화의 싹을 따서 뜨거운 물에 데쳐 놓는다.

② 감초물로 마 가루를 개서 ①을 담근다.

③ 기름으로 ②를 지진다.

3) 원문

봄에 서마승에서 노닐 때, 장사 장원의 원운헌에 모여서 머물며 술을 마셨다. 나에게 「국전부」를 짓고 묵란을 그리라고 하셨는데, (완성되자) 장원이 매우 기뻐하였다. 몇 잔을 마신 후에 국화 지진 것이 나왔다. 만드는 방법은 국화의 싹을 따서 뜨거운 물에 데쳐 놓고, 감초물로 마 가루를 개서, 기름으로 그것을 지진다. 상쾌한 것이 난초의 풍미가 있었다. 장씨는 약에 대해 정통한 이인데, 그 역시 '국화는 자주색 줄기를 가진 것이 정품이다'라는 말하였다.

春遊西馬塍[278], 會張將使元耘軒[279], 留飮. 命予作「菊田賦」詩, 作墨蘭, 元甚喜. 數杯後, 出菊煎. 法, 采菊苗, 湯瀹, 用甘草水調山藥粉,煎之以油. 爽然有楚畹[280]之風. 張, 深於藥者, 亦謂'菊以紫莖爲正'[281]云.

---

278) 서마승西馬塍: 지금의 저장성浙江省 항저우杭州 서쪽에 있는 지역. 송대에는 꽃의 산지로 유명했다고 한다.

279) 장장사원운헌張將使元耘軒: 누구인지 명확하지 않다. 다만 본문의 내용과 남송의 시인인 허배許棐의 시를 종합해볼 때 이 인물의 이름은 '장원張元'이고, 그의 당호가 '원운헌元耘軒', 관직이 '장사將使'일 것이라 추정된다.

280) 초원楚畹: 「이소離騷」의 구절에서 비롯된 말로서 '난포蘭圃'를 의미한다.

281) 국이자경위정菊以紫莖爲正: 이와 관련된 임홍의 설명은 (하) 5. 금반金飯의 내용을 참조.

55. 호마주胡麻酒

참깨와 향료를 넣은 술.

1) 재료

• 참깨, 생강, 용뇌박하, 술.

2) 조리법

① 참깨 두 되를 사서 끓여서 익힌 다음 대충 볶는다.

② 생강 두 냥과 용뇌박하 한 움큼을 ①과 함께 사기그릇에 넣어 곱게 간다.

③ 끓인 술 다섯 되를 넣어 ②를 걸러서 찌꺼기를 제거한다.

④ ③을 물에 희석하여 마신다.

3) 원문

예전에 '참깨밥'이 있다는 것은 들었어도 '참깨술'이 있다는 것은 들어본 적이 없었다. 한여름에 정재 장뢰가 죽각에서 술을 마시자고 초대했다. 정오에 각자 큰 술잔 하나씩을 들고 마시는데 맑은 바람이 솔솔 불고 더운 기운이 전혀 없었다. 그 만드는 방법은, 참깨 두 되를 사서, 끓여서 익히고 대충 볶은 후, 생강 두 냥과 용뇌박하 한 움큼을 넣고, 사기그릇에 함께 넣어 곱게 간다. 끓인 술 다섯 되를 넣고 넣어 걸러서 찌꺼기를 제거하고, 물에 희석해 마시면 크게 유익하다. 인하여 그것을 읊기를, "어찌 또 참깨밥을 찾을 필요 있으랴, 6월에도 청량하니 도리어 신선된 듯하네."라 하였다. 『본초』에서는 '거승자'라고 이름하였다. 신선 세상에서 밥을 지었다는 '호마'가 바로 이것이다. 황당한 말을 늘어놓는 이들은 거기에서 말한 음식이 (평범한 참깨와) 당연히 다르다고 운운할 것 같다.

舊聞有胡麻[282]飯, 未聞有胡麻酒. 盛夏, 張整齋賴[283]招飮竹閣. 正午, 各飮一巨觥, 淸風颯然, 絶無暑氣. 其法, 贖麻子二升, 煮熟略炒, 加生薑二兩, 龍腦薄荷[284]一把, 同入砂器細研. 投以煮酒五升, 濾渣去, 水浸飮之,[285] 大有益. 因賦之曰, "何須更覓胡麻飯, 六月淸涼却是仙[286]."[287] 『本草』名'巨勝子[288]'. 桃源所飯胡麻,[289] 即此物也. 恐虛誕者自異其說云.

282) 호마胡麻: 참깨.

283) 장정재뢰張整齋賴: 누구인지 찾지 못하였다. 아마 '정재'가 호이고 '뢰'가 이름일 것이다.

284) 용뇌박하龍腦薄荷: 수소水蘇, 즉 석잠풀.

285) 수침음지水浸飮之: 이 부분은 판본별로 글자의 차이도 있고, 또 어떻게 끊어 읽느냐에 따라 풀이가 달라진다. 여기서는 끓인 술로 깨와 향료를 걸러낸 후에 남은 술을 저장하고, 때마다 이것을 물에 희석하여 먹는 것으로 보았다.

286) 선仙: '거渠'로 된 판본도 있으나 『사고전서四庫全書·설부說郛』에 따라 '선'으로 두었다.

287) 시의 출처를 찾지 못하였다.

288) 『본초』에서는 참깨 중에서 검은 것을 '거승巨勝'이라고 이름하였다.

289) 도원소반호마桃源所飯胡麻: 동한 때 유신劉晨과 완조阮肇가 천태산天台山에서 약을 캐다가 선녀를 만났는데 그들에게서 '호마반胡麻飯'을 대접받았다고 한다.

56. 다공茶供

차 대접하기

1) 재료

조리법 소개 없음.

2) 조리법

조리법 소개 없음.

3) 원문

차는 곧 약인데 달여서 먹으면 식체를 제거하고 먹은 것을 소화시킬 수 있다. 뜨거운 물로 그것을 우려내면 도리어 가슴에 적체되고 비위를 상하게 한다. 세상에 이익을 좇는 이들이 잎과 잡다한 것을 섞어서 가루를 만드는 데다가, 우리고 끓이는 데에도 태만하니, 마땅히 해로움이 있게 된다. 지금 만드는 법은, 싹을 채취하거나 혹은 분쇄한 꽃을 사용하는데, 살아 있는 물과 불로 그것을 끓인다. 식사 후, 반드시 얼마 되기 전에 마신다. 동파가 시에서 '살아 있는 물에 반드시 살아 있는 불로 끓인다'고 했고, 또한 '식사 후에 차 종지에 맛이 정말 깊구나'라고 했는데, 이것이 '전다법'이다. 육우의 『다경』에서도 '강물이 상품이고, 산과 우물물은 모두 그 다음이다'라고 하였다. 요즘 사람들은 물을 가리지 않을 뿐만 아니라 소금과 과일까지 넣으니 진실된 맛을 크게 잃고 있다. (사람들이 주장하듯이) 오로지 파를 넣어야 어지러움을 없애고 매실을 넣어야 피로함을 없애는 것까지는 모르겠고, 어지럽지도 않고 피로하지도 않은 경우인데도 하필이면 이것들을 넣는다는 말인가? 옛날 차를 좋아하는 사람 중에서 옥천자만한 이가 없는데, 전다법으로 마셨다고 들었다. 만약 끓는 물로 점다했다면, 어찌 일곱째 잔까지 미칠 수 있었겠는가? 황산곡은 사에서 "물 끓는 소리가 솔바람 소리 같더니, 일찌감치 숙취를 다소 내려주네."라 하였다. 아마 이를 안다면 '입으로는 말할 수 없어도 마음으로는 즐거워 스스로를 돌아보리니' 마치 선에서 완전히 깨달은 것과 같다.

茶即藥也, 煎服, 則去滯而化食. 以湯點之, 則反滯膈而損脾胃. 蓋世之利者, 多采葉雜以爲末, 旣又怠於煎煮, 宜有害也. 今法, 采芽, 或用碎萼, 以活水[290]火煎之.[291] 飯後, 必少頃乃服. 東坡詩云, '活水須將活火烹'[292], 又云, '飯後茶甌味正深'[293], 此煎法[294]也. 陸羽『經』亦

---

290) 활수活水: 살아있는 것처럼 흐르는 물.

291) 이활수화전지以活水火煎之: 소식이 「강물을 길어 차를 끓이다汲江煎茶」에서 "살아 있는 물에다가 또 반드시 살아 있는 불로 끓여야 하기에, 몸소 낚시바위에 가서 깊고 맑은 물을 길었네.(活水還須活火煎, 自臨釣石取深淸)"라 하였다.

292) 소식의 「강물을 길어 차를 끓이다」를 인용한 듯하나, 정확하게 인용하지는 않았다.

293) 시구를 정확하게 인용하지는 않았다. 「불일산의 영장로방장佛日山榮長老方丈五絶」 중 제4수에서 "식사를 마치고서는 차 종지가 깊을 필요 없네.(食罷茶甌未要深)"라 하였다.

294) 전법煎法: 전다법煎茶法. 병차餠茶를 불에 구워 차 맷돌에 갈아서 가루로 만든 다음 차솥에 넣어 끓이는 방법을 말한다. 소식이 시의 제목에서 '전다煎茶'라고 하였지만 송대에는 차를 끓이는 방식이 '점다點茶'로 바뀌었다. 여기서의 '전다煎茶'는 '차를 끓이다'라는 일반적인 표현으로 보아야 할 것 같다.

以'江水爲上, 山與井俱次之'295). 今世不惟不擇水, 且入鹽及茶果, 殊失正味. 不知惟有蔥去昏, 梅去倦, 如不昏不倦, 亦何必用?296) 古之嗜茶者, 無如玉川子297), 惟聞煎吃. 如以湯點298), 則又安能及也七碗299)乎? 山谷詞云, "湯響松風, 早減了, 二分酒病."300) 倘知此, 則'口不能言, 心下快活自省'301), 如禪參透.

---

295) 이 부분 역시 인용이 정확하지 않다. 『다경·다섯째: 차 끓이기五茶之煮』에서 "그 물의 경우 산의 물을 사용하면 상이요, 강물은 중이고, 우물물은 하이다.(其水用山水上, 江水中, 井水下)"라고 하였다.

296) 소식의 「주안유에게 차를 부치다寄周安孺茶」에서 "생강, 소금, 백토를 섞어, 점점 우리 고향 촉의 풍속을 따르게 되었네.(薑鹽拌白土, 稍稍從吾蜀)"라 하여, 차의 차가운 기운, 독소, 이물질을 제거하는 기술이 발달하지 않았을 때, 생강 등을 차탕에 넣어 음용할 수 있도록 했던 방식을 언급한 바 있다.

297) 옥천자玉川子: 당나라 시인 노동盧仝의 호.

298) 점點: 점다법點茶法. 차를 갈아서 가루로 만든 다음, 찻잔에서 거품이 일 때까지 격불擊拂하여 섞는 방법을 말한다. 송대에는 점다법을 사용해 차를 마셨다.

299) 노동은 「맹간의가 새로운 차를 부쳐준 것에 사례하려 붓을 놀리다走筆謝孟諫議寄新茶」에서 차를 한 잔, 두 잔 마셨을 때의 느낌과 효험을 읊었는데, "일곱 째 잔은 마시기도 전에, 두 겨드랑이에서 솔솔 맑은 바람이 생겨나는 것을 느낀다네.(七碗喫不得, 唯覺兩腋習習淸風生)"라 하였다. 이 구절 때문에 이 시를 「칠완다가七碗茶歌」라고도 부른다.

300) 탕향湯響……주병酒病: 황정견의 「품령品令·다사茶詞」 중 일부이다.

301) 구불口不……자성: 自省황정견의 「품령品令·다사茶詞」 중 일부이다.

57. 신풍주법新豐酒法

신풍의 술 빚는 법

1) 재료

• 밀가루, 술지게미 식초, 물, 참기름, 산초, 파, 쌀, 술밑, 누룩

2) 조리법

① 밀가루 한 되, 술지게미 석 되, 물 두 섬을 끓여서 장수를 만든다.

② ①이 끓어오를 때 참기름, 산초, 파 흰 부분을 넣은 후 숙성될 때까지 기다린다.

③ 쌀 한 섬을 물에 담가서 사흘이 지나면, 지에밥을 쪄서 익힌다.

④ ②를 끓여서 반쯤 되게 졸이되, 끓일 때 거품을 걷어낸다.

⑤ ④에 산초와 기름을 넣고 숙성되길 기다렸다가, 별도로 준비된 막 빚은 술에다 붓는다.

⑥ ⑤에 한 말 쯤 되는 밥과 밀가루 열 근, 술밑 반 되도 넣는다.

⑦ 다음날 새벽에 먼저 해놓은 밥(중에 남은 것)을 별도의 항아리에 넣고, ⑥을 함께 넣으면서, 물 두 섬과 누룩 두 근을 넣어서 충분히 발로 밟고 덮어둔다.

⑧ 새벽 마다 나무로 저어 흔들어주되 사흘 뒤엔 멈추는데 너덧새 지나면 숙성된다.

3) 원문

처음에 밀가루 한 되, 술지게미 식초 석 되, 물 두 섬을 끓여서 장수漿水를 만드는데, 끓어오를 때 참기름, 산초, 파 흰 부분을 넣은 후 숙성될 때까지 기다린다. 쌀 한 섬을 물에 담가서 사흘이 지나면, 지에밥을 쪄서 익힌다. 전에 준비해둔 장수는 끓여서 반쯤 되게 졸이는데 끓어오르면 거품을 걷어내고, 다시 산초와 기름을 넣고 숙성되길 기다렸다가 (별도로 준비된) 막 빚은 술에다 붓는데, 한 말 가량 되는 밥과 밀가루 열 근, 술밑 반 되도 넣는다. 새벽이 되면 먼저 해놓은 밥(중에 남은 것)을 별도의 항아리에 넣고, 술밑을 섞어두었던 밥을 함께 넣으면서, 물 두 섬과 누룩 두 근을 넣어서 충분히 발로 밟고, 그것을 덮어둔다. 새벽이면 나무로 저어 흔들어둔다. 사흘이 되면 (섞어주는 것을) 멈추는데, 너댓새 되면 숙성된다. 처음에 만들었다가 남은 장수에는 또 물에 담가놓은 쌀을 첨가할 수 있다. 매번 술이 익을 때가 되었을 때 (여기에서) 술밑을 취해 놓고 계속 빚으면 누룩을 빻을 필요 없이 그저 보리와 껍데기를 갈아서 맑은 물로 반죽해 병을 만들어 돌처럼 딱딱하게 보관해놓으면 된다. 처음에 다른 누룩이 없었는데, 나는 위손재의 아들인 참을 따라 신풍에 갔다가 그 상세한 방법을 알게 되었다. 위씨가 여기에 거처할 때, 일찍이 술밑을 빼돌리는 것을 금지하였는데 (누군가 술밑을 훔쳐서 사적으로 빚는 것을 막고) 술빚기를 독점하기 위함이었다. 생쌀을 품에 넣고 가는 것을 금지하였는데 술을 금처럼 여겼기 때문이었다. (술 빚는 곳으로 입장할 때) 새 신발을 지급했던 것은 술 빚는 곳을 청결히 하기 위함이었다. 술밑으로 손님을 유인하기 위하여 배가 술 빚는 곳을 통래하도록 했다. 그래서 빚은 술은 날로 좋아지고 이익도 어그러지지 않았다. 이에 주정이 한미한 벼슬이지만 위씨는 역시나 마음을 다하였음을 알게 되었다. 옛사람들이 「단양의 길에서」에서 "순식간에 신풍주를 빚었지만, 도리어 오래된 술 향기가 풍기네. 금을 끌어안고 술을 사서 한 번 취하니, 온종일 누웠더니 해가 지누나."라 하였으니 바로 그 지역이다. 패 지역에 '구풍'이 있는데, 마주가 홀로 술을 마셨던 곳은 장안 부근에 (구풍을) 본떠 만든 신풍이다.

初用麵一斗·糟醋[302]三升·水二擔, 煎漿, 及沸, 投以麻油[303]·川椒·蔥白, 候熟. 浸米一石, 越三日, 蒸飯熟. 乃以元漿煎強半, 及沸, 去沫, 又投以川椒及油, 候熟, 注缸面[304], 入斗許飯及麵末十斤·酵[305]半升. 既曉, 以元飯貯別缸, 却以元酵飯同下, 入水二擔·麴二斤, 熟踏覆之. 既曉, 攪以木擺. 越三日止, 四五日, 可熟. 其初餘漿, 又加以水浸米. 每值酒熟, 則取酵以相接續, 不必灰其麴, 只磨麥和皮, 用清水搜作餅, 令堅如石. 初無他藥[306], 仆嘗從危巽齋[307]子驂[308]之新豐[309], 故知其詳. 危居此時, 嘗禁竊酵, 以專所釀. 戒懷[310]生粒,

302) 조초糟醋: 술지게미 식초.

303) 마유麻油: 참기름.

304) 항면缸面: 막 익은 술.

305) 효酵: '주모酒母', 혹은 '술밑'이라고 부르는데, 술을 빚을 때에 발효를 돕고 맛을 좋게 하기 위해서 넣는, 묵은 술.

306) 약藥: 주약酒藥, 즉 누룩.

307) 위손재危巽齋: 남송대 문인인 위진危稹(1158-1234). 그는 지금의 장시성江西省 푸저우撫州 출신으로서, 자字가 봉길逢吉, 자호가 손재巽齋, 혹은 여당驪塘이다. 장주지주漳州知州로 있을 때에 용강서원龍江書院을 설립하여 직접 강학했다고 한다.

308) 자참子驂: (위손재의) 아들인 '참'인데, 자세한 행적은 찾지 못하였다.

309) 신풍新豐: 한 고조가 지금의 시안西安 린퉁臨潼 지역에 설치한 '신풍현'도 있지만, 여기서의 신풍은 '신풍진新豐鎭'을 가리킨다. 지금의 장쑤성江蘇省 단투현丹徒縣이며 지금도 명주 생산지로 유명하다.

310) 계회戒懷: 품 안에 넣는 것을 금지하다. 여기에서 '회懷'는 앞 구절의 '절竊'과 비슷한 의미로 쓰였다. 술빚는 과정에서 쌀을 빼돌려서 술에 들어

以金所釀. 且給新屨, 以潔所. 所酵誘客, 舟以通所釀. 故所釀日佳而利不虧. 是以知酒政[311]之微, 危亦究心矣. 昔人「丹陽道中」詩云, "乍造新豐酒, 猶聞舊酒香. 抱琴沽一醉, 盡日臥斜陽."[312] 正其地也. 沛[313]中自有舊豐[314], 馬周獨酌[315]之地, 乃長安效新豐也.

갈 쌀 양이 줄어들게 될 경우 술맛이 떨어지게 되므로 이를 금지하였다는 의미이다.

311) 주정酒政: 술의 양조, 매매, 세금 수납 등과 관련된 정령. 송대에는 국가에서 술을 전매하였기 때문에 '감주세監酒稅'와 같은 관직이 있었다. 이를 통해 위손재의 아들인 '위참'이 주정과 관련된 벼슬에 있었음을 알 수 있다.

312) 원래 시의 글자와 차이가 많다.

313) 패沛: 지금의 산동 페이沛현.

314) 구풍舊豐: 한 고조 유방의 고향인 '풍읍豐邑'.

315) 마주독작馬周獨酌: 당나라 때 마주馬周(601-648)가 실의하여 신풍에서 홀로 술을 마시며 지냈는데, 모두에게 업신여김당했다고 한다. 그가 술을 무척 좋아하여 한 번에 많은 술을 마셨다고도 전해진다.

| 역주자 약력 |

정세진鄭世珍

(현) 성신여자대학교 중국어문·문화학과 교수.

경북과학고등학교를 거쳐 서울대학교 식품영양학과를 졸업하고, 서울대학교 중어중문학과에서 고전시가(북송) 전공으로 석·박사 학위를 취득하였다. 중국의 전통식문화, 한반도와 일본에서의 중국고전시가 수용 양상 등에 대해 연구를 진행하고 있다. 주요 논문으로 「南宋代 食譜 『山家淸供』에 대한 기초적 탐색」(2021), 「14-16세기 일본 五山禪僧의 對中國 집단학습활동을 통한 관련 지식 축적 및 인식 전파에 관한 연구(1)--오산선승의 詩會를 중심으로」(2020), 「蘇軾의 茶觀에 대한 고찰--'分別心의 忘棄'라는 측면에서」(2019), 「14-16세기 조선과 일본의 蘇軾 관련 詩會와 그들이 공유한 蘇仙의 의미」(2016) 등이 있고, 다른 연구자들과의 공동 번역 결과물로서 『협주명현십초시』(2014), 『謝靈運·謝惠連 시』(2016) 등이 있다.

산가청공

남송대 조리서

초판 인쇄 2021년 11월 10일
초판 발행 2021년 11월 15일

저 자 | (남송) 임홍
역 주 자 | 정 세 진
펴 낸 이 | 하 운 근
펴 낸 곳 | 學古房

주 소 | 경기도 고양시 덕양구 통일로 140 삼송테크노밸리 A동 B224
전 화 | (02)353-9908 편집부(02)356-9903
팩 스 | (02)6959-8234
홈페이지 | http://hakgobang.co.kr/
전자우편 | hakgobang@naver.com, hakgobang@chol.com
등록번호 | 제311-1994-000001호

ISBN 979-11-6586-424-8 93820

값 : 16,000원

■ 파본은 교환해 드립니다.